CONRAD FERDINAND MEYER

Die Hochzeit des Mönchs

Plautus im Nonnenkloster

NOVELLEN

PHILIPP RECLAM JUN. STUTTGART

Der Text folgt Conrad Ferdinand Meyer: Werke. Dritter Band: Novellen. Leipzig: H. Haessel, 1924. – Orthographie und Interpunktion sind behutsam modernisiert.

Universal-Bibliothek Nr. 6950[2]

Gesamtherstellung: Reclam, Ditzingen
Printed in Germany 1981
ISBN 3-15-006950-5

Die Hochzeit des Mönchs

Es war in Verona. Vor einem breiten Feuer, das einen weiträumigen Herd füllte, lagerte in den bequemsten Stellungen, welche der Anstand erlaubt, ein junges Hofgesinde männlichen und weiblichen Geschlechtes um einen ebenso jugendlichen Herrscher und zwei blühende Frauen. Dem Herde zur Linken saß diese fürstliche Gruppe, welcher die übrigen in einem Viertelkreise sich anschlossen, die ganze andere Seite des Herdes nach höfischer Sitte frei lassend. Der Gebieter war derjenige Scaliger, welchen sie Cangrande nannten. Von den Frauen, in deren Mitte er saß, mochte die nächst dem Herd etwas zurück und ins Halbdunkel gelehnte sein Eheweib, die andere, vollbeleuchtete, seine Verwandte oder Freundin sein, und es wurden mit bedeutsamen Blicken und halblautem Gelächter Geschichten erzählt.

Jetzt trat in diesen sinnlichen und mutwilligen Kreis ein gravitätischer Mann, dessen große Züge und lange Gewänder aus einer andern Welt zu sein schienen. „Herr, ich komme, mich an deinem Herde zu wärmen“, sprach der Fremdartige halb feierlich, halb geringschätzig, und verschmähte hinzuzufügen, daß die lässige Dienerschaft trotz des frostigen Novemberabends vergessen oder versäumt hatte, Feuer in der hochgelegenen Kammer des Gastes zu machen.

„Setze dich neben mich, mein Dante“, erwiderte Cangrande, „aber wenn du dich gesellig wärmen willst, so blicke mir nicht nach deiner Gewohnheit stumm in die Flamme! Hier wird erzählt, und die Hand, welche heute Terzinen geschmiedet hat – auf meine astrologische Kammer steigend, hörte ich in der deinigen mit dumpfem Gesange Verse skandieren –, diese wuchtige Hand darf es heute nicht verweigern, das Spielzeug eines kurzweiligen Geschichtchens, ohne es zu zerbrechen, zwischen ihre Finger zu nehmen. Beurlaube die Göttinnen" – er meinte wohl die Musen – „und vergnüge dich mit diesen schönen Sterblichen." Der Scaliger zeigte seinem Gaste mit einer leichten Handbewegung die zwei Frauen, von welchen die größere, die scheinbar gefühllos im Schatten saß, nicht daran dachte zu rücken, während die kleinere und aufgeweckte dem Florentiner bereitwillig neben sich Raum machte. Aber dieser gab der Einladung seines Wirtes keine Folge, sondern wählte stolz den letzten Sitz, am Ende des Kreises. Ihm mißfiel entweder die Zweiweiberei des Fürsten – wenn auch vielleicht nur das Spiel eines Abends –, oder dann ekelte ihn der Hofnarr, welcher, die Beine vor sich hingestreckt, neben dem Sessel Cangrandes auf dem herabgeglittenen Mantel desselben am Boden saß.

Dieser, ein alter, zahnloser Mensch mit Glotzaugen und einem schlaffen, verschwätzten und vernaschten Maul – neben Dante der einzige Bejahrte der Gesellschaft –, hieß Gocciola, das heißt das Tröpfchen, weil er die letzten klebrigen Tropfen aus den geleerten Gläsern zusammenzunaschen pflegte, und haßte den Fremdling mit kindischer Bosheit, denn er sah in Dante seinen Nebenbuhler um die nicht eben wählerische Gunst des Herrn. Er schnitt ein Gesicht und erfrechte sich, seine hübsche Nachbarin zur Linken auf das an der hellen Decke des hohen Gemaches sich abschattende Profil des Dichters höhnisch grinsend aufmerksam zu machen. Das Schattenbild Dantes glich einem Riesenweibe mit langgebogener Nase und hangender Lippe, einer Parze oder dergleichen. Das lebhafte Mädchen verwand ein kindliches Lachen. Ihr Nachbar, ein klug blickender Jüngling, der Ascanio hieß, half ihr dasselbe ersticken, indem er sich an Dante wendete mit jener maßvollen Ehrerbietung, in welcher dieser angeredet zu werden liebte.

„Verschmähe es nicht, du Homer und Virgil Italiens", bat er, „dich in unser harmloses Spiel zu mischen. Laß dich zu uns herab und erzähle, Meister, statt zu singen."

„Was ist euer Thema?" warf Dante hin, weniger ungesellig, als er begonnen hatte, aber immer noch mürrisch genug.

„Plötzlicher Berufswechsel", antwortete der Jüngling bündig, „mit gutem oder schlechtem oder lächerlichem Ausgange."

Dante besann sich. Seine schwermütigen Augen betrachteten die Gesellschaft, deren Zusammensetzung ihm nicht durchaus zu mißfallen schien; denn er entdeckte in derselben neben mancher flachen einige bedeutende Stirnen. „Hat einer unter euch den entkutteten Mönch behandelt?" äußerte der schon milder Gestimmte.

„Gewiß, Dante!" antwortete, sein Italienisch mit einem leichten deutschen Akzent aussprechend, ein Kriegsmann von treuherzigem Aussehen, Germano mit Namen, der einen Ringelpanzer und einen lang herabhangenden Schnurrbart trug. „Ich selbst erzählte den jungen Manuccio, welcher über die Mauern seines Klosters sprang, um Krieger zu werden."

„Er tat recht", erklärte Dante, „er hatte sich selbst getäuscht über seine Anlage."

„Ich, Meister", plauderte jetzt eine kecke, etwas üppige Paduanerin namens Isotta, „habe die Helena Manente erzählt, welche eben die erste Locke unter der geweihten Schere verscherzt hatte, aber schnell die übrigen mit den beiden Händen deckte und ihr Nonnengelübde verschluckte, denn sie hatte ihren in barbareske Sklaverei geratenen und höchst wunderbar daraus erretteten Freund unter dem Volk im Schiff der Kirche erblickt, wie er die gelösten Ketten" – sie wollte sagen: an der Mauer aufhing, aber ihr Geschwätze wurde von dem Munde Dantes zerschnitten.

„Sie tat gut", sagte er, „denn sie handelte aus der Wahrheit ihrer verliebten Natur. Von alledem ist hier die Rede nicht, sondern von einem ganz andern Falle: wenn nämlich ein Mönch nicht aus eigenem Triebe, nicht aus erwachter Weltlust oder Weltkraft, nicht weil er sein Wesen verkannt hätte, sondern einem andern zuliebe, unter dem Druck eines fremden Willens, wenn auch vielleicht aus heiligen Gründen der Pietät, untreu an sich wird, sich selbst mehr noch als der Kirche gegebene Gelübde bricht und eine Kutte abwirft, die ihm auf dem Leibe saß und ihn nicht drückte. Wurde das schon erzählt? Nein? Gut, so werde ich es tun. Aber sage mir, wie endet solches Ding, mein Gönner und Beschützer?" Er hatte sich ganz gegen Cangrande gewendet.

„Notwendig schlimm", antwortete dieser ohne Besinnen. „Wer mit freiem Anlaufe springt, springt gut; wer gestoßen wird, springt schlecht."

„Du redest die Wahrheit, Herr", bestätigte Dante, „und nicht anders, wenn ich ihn verstehe, meint es auch der Apostel, wo er schreibt: daß

Sünde sei, was nicht aus dem Glauben gehe, das heißt aus der Überzeugung und Wahrheit unserer Natur."

„Muß es denn überhaupt Mönche geben?" kicherte eine gedämpfte Stimme aus dem Halbdunkel, als wollte sie sagen: jede Befreiung aus einem an sich unnatürlichen Stande ist eine Wohltat.

Die dreiste und ketzerische Äußerung erregte hier kein Ärgernis, denn an diesem Hofe wurde das kühnste Reden über kirchliche Dinge geduldet, ja belächelt, während ein freies oder nur unvorsichtiges Wort über den Herrscher, seine Person oder seine Politik, verderben konnte.

Dantes Auge suchte den Sprecher und entdeckte denselben in einem vornehmen jungen Kleriker, dessen Finger mit dem kostbaren Kreuze tändelten, welches er über dem geistlichen Gewande trug.

„Nicht meinetwegen", gab der Florentiner bedächtig zur Antwort. „Mögen die Mönche aussterben, sobald ein Geschlecht ersteht, welches die beiden höchsten Kräfte der Menschenseele, die sich auszuschließen scheinen, die Gerechtigkeit und die Barmherzigkeit vereinigen lernt. Bis zu jener späten Weltstunde verwalte der Staat die eine, die Kirche die andere. Da aber die Übung der Barmherzigkeit eine durchaus selbstlose Seele fordert, so sind die drei mönchischen Gelübde gerechtfertigt; denn es ist weniger schwer, wie die Erfahrung lehrt, der Lust ganz, als halb zu entsagen."

„Gibt es aber nicht mehr schlechte Mönche als gute?" fragte der geistliche Zweifler weiter.

„Nein", behauptete Dante, „wenn man die menschliche Schwachheit berücksichtigt. Es müßte denn mehr ungerechte Richter als gerechte, mehr feige Krieger als beherzte, mehr schlechte Menschen als gute geben."

„Und ist das nicht der Fall?" flüsterte der im Halbdunkel.

„Nein", entschied Dante, und eine himmlische Verklärung erleuchtete seine strengen Züge. „Fragt und untersucht unsere Philosophie nicht: wie ist das Böse in die Welt gekommen? Wären die Bösen in der Mehrzahl, so frügen wir: wie kam das Gute in die Welt?"

Diese stolzen und dunkeln Sätze imponierten der Gesellschaft, erregten aber auch die Besorgnis, der Florentiner möchte sich in seine Scholastik vertiefen statt in seine Geschichte.

Cangrande sah, wie seine junge Freundin ein hübsches Gähnen verwand. Unter solchen Umständen ergriff er das Wort und fragte: „Erzählst du uns eine wahre Geschichte, mein Dante, nach Dokumenten? oder eine Sage des Volksmundes? oder eine Erfindung deiner bekränzten Stirne?"

Dieser antwortete langsam betonend: „Ich entwickle meine Geschichte aus einer Grabschrift."

„Aus einer Grabschrift?"

„Aus einer Grabschrift, die ich vor Jahren bei den Franziskanern in Padua gelesen habe. Der Stein, welcher sie trägt, lag in einem Winkel des Klostergartens, allerdings unter wildem Rosengesträuch versteckt, aber doch den Novizen zugänglich, wenn sie auf allen vieren krochen und sich eine von Dornen zerkritzte Wange nicht reuen ließen. Ich befahl dem Prior – will sagen, ich ersuchte ihn, den fraglichen Stein in die Bibliothek zu versetzen und unter die Hut eines Greises zu stellen."

„Was sagte denn der Stein?" ließ sich jetzt die Gemahlin des Fürsten nachlässig vernehmen.

„Die Inschrift“, erwiderte Dante, „war lateinisch und lautete: Hic jacet monachus Astorre cum uxore Antiope. Sepeliebat Azzolinus.“

„Was heißt denn das?“ fragte die andere neugierig.

Cangrande übersetzte fließend: „Hier schlummert der Mönch Astorre neben seiner Gattin Antiope. Beide begrub Ezzelin.“

„Der abscheuliche Tyrann!“ rief die Empfindsame. „Gewiß hat er die beiden lebendig begraben lassen, weil sie sich liebten, und das Opfer noch in der Gruft gehöhnt, indem er es die Gattin des Mönches nannte. Der Grausame!“

„Kaum“, meinte Dante. „Das hat sich in meinem Geiste anders gestaltet und ist auch nach der Geschichte unwahrscheinlich. Denn Ezzelin bedrohte wohl eher den kirchlichen Gehorsam als den Bruch geistlicher Gelübde. Ich nehme das ‚sepeliebat‘ in freundlichem Sinne: er gab den beiden ein Begräbnis.“

„Recht“, rief Cangrande freudig, „du denkst wie ich, Florentiner! Ezzelino war eine Herrschernatur und, wie sie einmal sind, etwas rauh und gewaltsam. Neun Zehntel seiner Frevel haben ihm die Pfaffen und das fabelsüchtige Volk angedichtet.“

„Möchte dem so sein!“ seufzte Dante. „Wo er übrigens in meiner Fabel auftritt, ist er noch nicht das Ungeheuer, welches uns, wahr oder falsch, die Chronik schildert, sondern seine Grausamkeit beginnt sich nur erst zu zeichnen, mit einem Zug um den Mund sozusagen –“

„Eine gebietende Gestalt“, vollendete Cangrande feurig das Bildnis, „mit gesträubtem schwarzen Stirnhaar, wie du ihn in deinem zwölften Gesange als einen Bewohner der Hölle malst. Woher hast du dieses schwarzhaarige Haupt?"

„Es ist das deinige", versetzte Dante kühn, und Cangrande fühlte sich geschmeichelt.

„Auch die übrigen Gestalten der Erzählung", fuhr er mit lächelnder Drohung fort, „werde ich, ihr gestattet es?" – und er wendete sich gegen die Umsitzenden – „aus eurer Mitte nehmen und ihnen eure Namen geben: euer Inneres lasse ich unangetastet, denn ich kann nicht darin lesen."

„Meine Miene gebe ich dir preis", sagte großartig die Fürstin, deren Gleichgültigkeit zu weichen begann.

Ein Gemurmel der höchsten Aufregung lief durch die Zuhörer, und: „Deine Geschichte, Dante!" raunte es von allen Seiten, „deine Geschichte!"

„Hier ist sie", sagte dieser und erzählte.

Wo sich der Gang der Brenta in einem schlanken Bogen der Stadt Padua nähert, ohne diese jedoch zu berühren, glitt an einem himmlischen Sommertage unter gedämpftem Flötenschall eine bekränzte, von festlich Gekleideten überfüllte Barke auf dem schnellen, aber ruhigen Wasser. Es war die Brautfahrt des Umberto Vicedomini und der Diana Pizzaguerra. Der Paduaner hatte sich seine Verlobte aus einem am obern Laufe des Flusses gelegenen Kloster geholt, wohin, kraft einer alten städtischen Sitte, Mädchen von Stande vor ihrer Hochzeit zum Behufe frommer Übungen sich zurückzuziehen pflegen. Sie saß in der Mitte der Barke auf einem purpurnen Polster zwischen ihrem Bräutigam und den drei blühenden Knaben seines ersten Bettes. Umberto Vicedomini hatte vor fünf Jahren, da die Pest in Padua wütete, das Weib seiner Jugend begraben und, obwohl in der Kraft der Männlichkeit stehend, nur schwer und widerwillig, auf das tägliche Drängen eines alten und siechen Vaters, zu diesem zweiten Ehebunde sich entschlossen.

Mit eingezogenen Rudern fuhr die Barke, dem Willen des Stromes sich überlassend. Die Bootsknechte begleiteten die sanfte Musik mit einem halblauten Gesange. Da verstummten beide. Aller Augen hatten sich nach dem rechten Ufer gerichtet, an welchem ein großer Reiter seinen Hengst bändigte und mit einer weiten Gebärde nach der Barke herübergrüßte. Scheues Gemurmel durchlief die Reihen der Sitzenden. Die Ruderer rissen sich die roten Mützen vom Kopfe, und das ganze Fest erhob sich in Furcht und Ehrerbietung, auch der Bräutigam, Diana und die Knaben. Untertänige Gebärden, grüßende Arme, halbgebogene Knie wendeten sich gegen den Strand mit einem solchen Ungestüm und Übermaße der Bewegung, daß die Barke aus dem Gleichgewicht kam, sich nach rechts neigte und plötzlich überwog. Ein Schrei des Entsetzens, ein drehender Wirbel, eine leere Strommitte, die sich mit Auftauchenden, wieder Versinkenden und den schwimmenden Kränzen der verunglückten Barke bevölkerte. Hilfe war nicht ferne, denn wenig weiter unten lag ein kleiner Port, wo Fischer und Fährleute hausten und heute auch die Rosse und Sänften warteten, welche die Gesellschaft, die jetzt im Strome unterging, vollends nach Padua hätten bringen sollen.

Die zwei ersten der rettenden Kähne strebten sich von den entgegengesetzten Ufern zu. In dem einen stand neben einem alten Fergen mit struppigem Barte Ezzelin, der Tyrann von Padua, der unschuldige Urheber des Verderbens, in dem andern, vom linken Ufer kommenden, ein junger Mönch und sein Fährmann, welcher den staubigen Waller über den Strom stieß gerade in dem Augenblicke, da sich darauf das Unheil zutrug. Die beiden Boote erreichten sich. Zwischen ihnen schwamm im Flusse etwas wie eine Fülle blonden Haares, in das der Mönch entschlossen hineingriff, knielings, mit weit ausgestrecktem Arme, während sein Schiffer aus allen Kräften sich auf die andere Seite des Nachens zurückstemmte. An einer dicken Strähne hob der Mönch ein Haupt, das die Augen geschlossen hielt, und dann, mit Hilfe des dicht herangekommenen Ezzelin, die Last eines von triefendem Gewande beschwerten Weibes aus der Strömung. Der Tyrann war von seinem Nachen in den andern gesprungen und betrachtete jetzt das entseelte Haupt, das einen Ausdruck von Trotz und Unglück trug, mit einer Art von Wohlgefallen, sei es an den großen Zügen desselben, sei es an der Ruhe des Todes.

„Kennst du sie, Astorre?“ fragte er den Mönch. Dieser schüttelte verneinend den Kopf, und der andere fuhr fort: „Siehe, es ist das Weib deines Bruders.“

Der Mönch warf einen mitleidigen scheuen Blick auf das bleiche Antlitz, welches unter demselben langsam die schlummernden Augen öffnete.

„Bringe sie ans Ufer!“ befahl Ezzelin, allein der Mönch überließ sie seinem Fährmann. „Ich will meinen Bruder suchen“, rief er, „bis ich ihn finde.“ „Ich helfe dir, Mönch“, sagte der Tyrann, „doch ich zweifle, daß wir ihn retten: ich sah ihn, wie er seine Knaben umschlang und, von den dreien umklammert, schwer in die Tiefe ging.“

Inzwischen hatte sich die Brenta mit Fahrzeugen bedeckt. Es wurde gefischt mit Stangen, Haken,

Angeln, Netzen, und in der rasch wechselnden Szene vervielfältigte sich über den Suchenden und den gehobenen Bürden die Gestalt des Herrschers.

„Komm, Mönch!" sagte er endlich. „Hier gibt es für dich nichts mehr zu tun. Umberto und seine Knaben liegen nunmehr zu lang in der Tiefe, um ins Leben zurückzukehren. Der Strom hat sie verschleppt. Er wird sie ans Ufer legen, wann er ihrer müde ist. Aber siehst du dort die Zelte?" Man hatte deren eine Zahl am Strande der Brenta zum Empfange der mit der Hochzeitsbarke Erwarteten aufgeschlagen und jetzt die Toten oder Scheintoten hineingelegt, welche von ihren schon aus dem nahen Padua herbeigeeilten Verwandten und Dienern umjammert wurden. „Dort, Mönch, verrichte, was deines Amtes ist: Werke der Barmherzigkeit! Tröste die Lebenden! Bestatte die Toten!"

Der Mönch hatte das Ufer betreten und den Reichsvogt aus den Augen verloren. Da kam ihm aus dem Gedränge Diana entgegen, die Braut und Witwe seines Bruders, trostlos, aber ihrer Sinne wieder mächtig. Noch trieften die schweren Haare, aber auf ein gewechseltes Gewand: ein mitleidiges Weib aus dem Volke hatte ihr im Gezelt das eigene gegeben und sich des kostbaren Hochzeitskleides bemächtigt. „Frommer Bruder", wendete sie sich an Astorre, „ich bin verlassen: die mir bestimmte Sänfte ist in der Verwirrung mit einer andern, Lebenden oder Toten, in die Stadt zurückgekehrt. Begleite mich nach dem Hause meines Schwiegers, der dein Vater ist!"

Die junge Witwe täuschte sich. Nicht in der Bestürzung und Verwirrung, sondern aus Feigheit und Aberglauben hatte das Gesinde des alten Vicedomini sie im Stiche gelassen. Es fürchtete sich, dem jähzornigen Alten eine Wittib und mit ihr die Kunde von dem Untergange seines Hauses zu bringen.

Da der Mönch viele seinesgleichen unter den Zelten und im Freien mit barmherzigen Werken beschäftigt sah, willfahrte er dem Gesuch. „Gehen wir“, sagte er und schlug mit dem jungen Weibe die Straße nach der Stadt ein, deren Türme und Kuppeln auf dem blauen Himmel wuchsen. Der Weg war bedeckt mit Hunderten, die an den Strand eilten oder vom Strande zurückkehrten. Die beiden schritten, oft voneinander getrennt, aber sich immer wieder findend, in der Mitte der Straße, ohne miteinander zu reden, und wandelten jetzt schon durch die Vorstadt, wo die Gewerbe hausen. Hier standen überall – das Unglück auf der Brenta hatte die ganze Bevölkerung auf die Beine gebracht – laut plaudernde oder flüsternde Gruppen, welche das zufällige Paar, das den Bruder und den Bräutigam verloren hatte, mit teilnehmender Neugierde betrachteten.

Der Mönch und Diana waren Gestalten, die jedes Kind in Padua kannte. Astorre, wenn er nicht für einen Heiligen galt, hatte doch den Ruf des musterhaften Mönches. Er konnte der Stadtmönch von Padua heißen, den das Volk verehrte und auf den es stolz war. Und mit Grund: denn er hatte auf die Vorrechte seines hohen Adels und den unermeßlichen Besitz seines Hauses tapfer, ja freudig verzichtet und gab sein Leben in Zeiten der Seuche oder bei andern öffentlichen Fährlichkeiten, ohne zu markten, für den Geringsten und die Ärmste preis. Dabei war er mit seinem kastanienbraunen Kraushaar, seinen warmen Augen und seiner edeln Gebärde ein anmutender Mann, wie das Volk seine Heiligen liebt.

Diana war in ihrer Weise nicht weniger namhaft, schon durch die Vollkraft des Wuchses, welche das Volk mehr als die zarten Reize bewundert. Ihre Mutter war eine Deutsche gewesen, ja eine Staufin, wie einige behaupteten, freilich nur dem Blute, nicht dem Gesetze nach. Deutschland und Welschland hatten zusammen als gute Schwestern diese große Gestalt gebaut.

Wie herb und strenge Diana mit ihresgleichen umging, mit den Geringen war sie leutselig, ließ sich ihre Händel erzählen, gab kurzen und deutlichen Bescheid und küßte die zerlumptesten Kinder. Sie schenkte und spendete ohne Besinnen, wohl weil ihr Vater, der alte Pizzaguerra, nach Vicedomini der reichste Paduaner, zugleich der schmutzigste Geizhals war und Diana sich des väterlichen Lasters schämte.

So verheiratete das ihr geneigte Volk in seinen Schenken und Plauderstuben Diana monatlich mit irgendeinem vornehmen Paduaner, doch die Wirklichkeit trug diesen frommen Wünschen keine Rechnung. Drei Hindernisse erschwerten eine Brautschaft: die hohen und oft finstern Brauen Dianas, die geschlossene Hand ihres Vaters und die blinde Anhänglichkeit ihres Bruders Germano an den Tyrannen, bei dessen möglichem Falle der treue Diener mit zugrunde gehen mußte, seine Sippe nach sich ziehend.

Endlich verlobte sich mit ihr, ohne Liebe, wie es stadtkundig war, Umberto Vicedomini, der jetzt in der Brenta lag.

Übrigens waren die beiden so versunken in ihren gerechten Schmerz, daß sie das eifrige Geschwätze, welches sich an ihre Fersen heftete, entweder nicht vernahmen oder sich wenig um dasselbe bekümmerten. Nicht das gab Anstoß, daß der Mönch und das Weib nebeneinander schritten. Es erschien in der Ordnung, da der Mönch an ihr zu trösten hatte und sie wohl beide denselben Weg gingen: zu dem alten Vicedomini, als die nächsten und natürlichen Boten des Geschehenen.

Die Weiber bejammerten Diana, daß sie einen Mann habe heiraten müssen, der sie nur als Ersatz für eine teure Gestorbene genommen, und beklagten sie in demselben Atemzuge, daß sie diesen Mann vor der Ehe eingebüßt habe.

Die Männer dagegen erörterten mit wichtigen Gebärden und den schlausten Mienen eine brennende Frage, welche sich über den in der Brenta versunkenen vier Stammhaltern des ersten paduanischen Geschlechtes eröffnet hatte. Die Glücksgüter der Vicedomini waren sprichwörtlich. Das Familienhaupt, ein ebenso energischer als listiger Mensch, der es fertiggebracht hatte, mit beiden, dem fünffach gebannten Tyrannen von Padua und der diesen verdammenden Kirche auf gutem Fuße zu bleiben, hatte sich lebelang nicht im geringsten mit etwas Öffentlichem beschäftigt, sondern ein zähes Dasein und prächtige Willenskräfte auf ein einziges Ziel gewendet: den Reichtum und das Gedeihen seines Stammes. Jetzt war dieser vernichtet. Sein Ältester und die Enkel lagen in der Brenta. Sein zweiter und dritter waren in ebendiesem Unglücksjahre, der eine vor zwei, der andere vor drei Monden von der Erde verschwunden. Den Älteren hatte der Tyrann verbraucht und auf einem seiner wilden Schlachtfelder zurückgelassen. Der andere, aus welchem der vorurteilslose Vater einen großartigen Kaufmann in venezianischem Stile gemacht, hatte sich an einer morgenländischen Küste auf dem Kreuze verblutet, an welches ihn Seeräuber geschlagen, verspäteten Lösegeldes halber. Als vierter blieb Astorre, der Mönch. Daß er diesen mit dem Aufwande seines letzten Pulses den Klostergelübden zu entreißen versuchen werde, daran zweifelten die schnellrechnenden Paduaner keinen Augenblick. Ob es ihm gelinge und der Mönch sich dazu hergebe, darüber stritt jetzt die aufgeregte Gasse.

Und sie stritt sich am Ende so laut und heftig, daß selbst der trauernde Mönch nicht mehr im Zweifel darüber bleiben konnte, wer mit dem „egli“ und der „ella“ gemeint sei, welche aus den versammelten Gruppen ertönten. Dergestalt schlug er, mehr noch seiner Gefährtin als seinethalben, eine mit Gras bewachsene verschattete Gasse ein, die seinen Sandalen wohlbekannt war, denn sie führte längs der verwitterten Ringmauer seines Klosters hin. Hier war es bis zum Schauder kühl, aber die ganz Padua erfüllende Schreckenskunde hatte selbst diese Schatten erreicht. Aus den offenen Fenstern des Refektoriums, das in die dicke Mauer gebaut war, scholl an der verspäteten Mittagstafel – die Katastrophe auf der Brenta hatte in der Stadt alle Zeiten und Stunden gestört – das Tischgespräch der Brüder so zänkisch und schreiend, so voller „-inibus“ und „-atibus“ – es wurde lateinisch geführt, oder dann stritt man sich mit Zitaten aus den Dekretalen –, daß der Mönch unschwer erriet, auch hier werde dasselbe oder ein ähnliches Dilemma wie auf der Straße verhandelt. Und wenn er sich vielleicht nicht Rechenschaft gab, wovon, so wußte er doch, von wem die Rede ging. Aber was er nicht entdeckte, waren –

Mitten im Sprechen suchte Dante unter den Zuhörern den vornehmen Kleriker, der sich hinter seinen Nachbar verbarg.

– waren zwei brennende hohle Augen, welche durch eine Luke in der Mauer auf ihn und das Weib an seiner Seite starrten. Diese Augen gehörten einer unseligen Kreatur, einem verlorenen Mönche namens Serapion, welcher sich, Seele und Leib, im Kloster verzehrte. Mit seiner voreiligen Einbildungskraft hatte dieser auf der Stelle begriffen, daß sein Mitbruder Astorre zum längsten nach der Regel des heiligen Franziskus gedarbt und gefastet habe und beneidete ihn rasend um den ihm von der Laune des Todes zugeworfenen Besitz weltlicher Güter und Freuden. Er lauerte auf den Heimkehrenden, um die Mienen desselben zu erforschen und darin zu lesen, was Astorre über sich beschlossen hätte. Seine Blicke verschlangen das Weib und hafteten an ihren Stapfen.

Astorre lenkte die Schritte und die seiner Schwägerin auf einen kleinen, von vier Stadtburgen gebildeten Platz und trat mit ihr in das tiefe Tor der vornehmsten. Auf einer Steinbank im Hofe erblickte er zwei Ruhende, einen vom Wirbel zur Zehe gepanzerten blutjungen Germanen und einen greisen Sarazenen. Der hingestreckte Deutsche hatte seinen schlummernden rotblonden Krauskopf in den Schoß des sitzenden Ungläubigen gelegt, der, ebenfalls schlummernd, mit seinem schneeweißen Barte väterlich auf ihn niedernickte. Die zweie gehörten zur Leibwache Ezzelins, welche sich in Nachahmung derjenigen seines Schwiegers, des Kaisers Friedrich, aus Deutschen und Sarazenen zu gleichen Teilen zusammensetzte. Der Tyrann war im Palaste.

Er mochte es für seine Pflicht gehalten haben, den alten Vicedomini zu besuchen. In der Tat vernahmen Astorre und Diana schon auf der Wendeltreppe das Gespräch, welches Ezzelin in kurzen ruhigen Worten, der Alte dagegen, der gänzlich außer sich zu sein schien, mit schreiender und scheltender Stimme führte. Mönch und Weib blieben am Eingange des Saales unter dem bleichen Gesinde stehen. Die Diener zitterten an allen Gliedern. Der Greis hatte sie mit den heftigsten Verwünschungen überhäuft und dann mit geballten Fäusten weggejagt, weil sie ihm verspätete Botschaft vom Strande gebracht und dieselbe hervorzustottern sich kaum getraut. Überdies hatte dieses Gesinde der gefürchtete Schritt des Tyrannen versteinert. Es war bei Todesstrafe verboten, ihn anzumelden. Unaufgehalten wie ein Geist betrat er Häuser und Gemächer.

„Und das berichtest du so gelassen, Grausamer", tobte der Alte in seiner Verzweiflung, „als erzähltest du den Verlust eines Rosses oder einer Ernte? Du hast mir die viere getötet, niemand anders als du! Was brauchtest du gerade zu jener Stunde am Strande zu reiten? Was brauchtest du auf die Brenta hinauszugrüßen? Das hast du mir zuleide getan! Hörst du wohl?"

„Schicksal", antwortete Ezzelin.

„Schicksal?" schrie der Vicedomini. „Schicksal und Sternguckerei und Beschwörungen und Verschwörungen und Enthauptungen, von der Zinne auf das Pflaster sich werfende Weiber und hundert pfeildurchbohrte Jünglinge vom Rosse sinkend in deinen verruchten waghalsigen Schlachten, das ist deine Zeit und Regierung, Ezzelin, du Verfluchter und Verdammter! Uns alle ziehst du in deine blutigen Gleise, alles Leben und Sterben wird neben dir gewaltsam und unnatürlich, und niemand endet mehr als reuiger Christ in seinem Bette!"

„Du tust mir unrecht", versetzte der andere. „Ich zwar habe mit der Kirche nichts zu schaffen. Sie läßt mich gleichgültig. Aber dich und deinesgleichen habe ich nie gehindert, mit ihr zu verkehren. Das weißt du, sonst würdest du dich nicht erkühnen, mit dem Heiligen Stuhle Briefe zu wechseln. Was drehst du da in deinen Händen und verbirgst mir das päpstliche Siegel? Einen Ablaß? Ein Breve? Gib her! Wahrhaftig, ein Breve! Darf ich es lesen? Du erlaubst? Dein Gönner, der Heilige Vater, schreibt dir, daß, würde dein Stamm erlöschen bis auf deinen vierten und letzten, den Mönch, dieser ipso facto seiner Gelübde ledig sei, wenn er aus freiem Willen und eigenem Entschlusse in die Welt zurückkehre. Schlauer Fuchs, wie viele Unzen Goldes hat dich dieses Pergament gekostet?"

„Verhöhnst du mich?" heulte der Alte. „Was anderes blieb mir übrig nach dem Tode meines zweiten und dritten? Für wen hätte ich gesammelt und gespeichert? Für die Würmer? Für dich? Willst du mich berauben? ... Nein? So hilf mir, Gevatter" – der noch ungebannte Ezzelin hatte den dritten Knaben Vicedominis aus der Taufe gehoben, denselben, der sich für ihn auf dem Schlachtfelde geopfert – „hilf mir den Mönch überwinden, daß er wieder weltlich werde und ein Weib nehme, befiehl es ihm, du Allgewaltiger, gib ihn mir statt des Sohnes, den du mir geschlachtet hast, halte mir den Daumen, wenn du mich liebst!"

„Das geht mich nichts an", erwiderte der Tyrann ohne die geringste Erregung. „Das mache er mit sich selbst aus. Freiwillig, sagt das Breve. Warum sollte er, wenn er ein guter Mönch ist, wie ich glaube, seinen Stand wechseln? Damit das Blut der Vicedomini nicht versiege? Ist das eine Lebensbedingung der Welt? Sind die Vicedomini eine Notwendigkeit?“

Jetzt kreischte der andere in rasender Wut: „Du Böser, du Mörder meiner Kinder! Ich durchblicke dich! Du willst mich beerben und mit meinem Gelde deine wahnsinnigen Feldzüge führen!“ Da gewahrte er seine Schwiegertochter, welche vor dem zögernden Mönche durch das Gesinde und über die Schwelle getreten war. Trotz seiner Leibesschwachheit stürzte er ihr mit wankenden Schritten entgegen, ergriff und riß ihre Hände, als wollte er sie zur Verantwortung ziehen für das über sie beide gekommene Unheil. „Wo hast du meinen Sohn, Diana?“ keuchte er.

„Er liegt in der Brenta“, antwortete sie traurig, und ihre blauen Augen dunkelten.

„Wo meine drei Enkel?“

„In der Brenta“, wiederholte sie.

„Und dich bringst du mir als Geschenk? Dich behalte ich?“ lachte der Alte mißtönig.

„Wollte der Allmächtige“, sagte sie langsam, „mich zögen die Wellen und die andern stünden hier statt meiner!“

Sie schwieg. Dann geriet sie in einen jähen Zorn. „Beleidigt dich mein Anblick und bin ich dir überlästig, so halte dich an diesen: er hat mich, da ich schon gestorben war, an den Haaren gerissen und ins Leben zurückgezogen!“

Jetzt erst erblickte der Alte den Mönch, seinen Sohn, und sein Geist sammelte sich mit einer Kraft und Schnelligkeit, welche der schwere Jammer eher gestählt als gelähmt zu haben schien.

„Wirklich? Dieser hat dich aus der Brenta geholt? Hm! Merkwürdig! Die Wege Gottes sind doch wunderbar!"

Er ergriff den Mönch an Arm und Schulter, als wollte er sich desselben, Leib und Seele, bemächtigen, und schleppte ihn und sich gegen seinen Krankenstuhl, auf welchen er hinfiel, ohne den gepreßten Arm des nicht Widerstrebenden freizugeben. Diana folgte und kniete sich auf der andern Seite des Sessels nieder mit hangenden Armen und gefalteten Händen, das Haupt auf die Lehne legend, so daß nur der Knoten ihres blonden Haares wie ein lebloser Gegenstand sichtbar blieb. Der Gruppe gegenüber saß Ezzelin, die Rechte auf das gerollte Breve wie auf einen Feldherrnstab gestützt.

„Söhnchen, Söhnchen", wimmerte der Alte mit einer aus Wahrheit und List gemischten Zärtlichkeit, „mein letzter und einziger Trost! Du Stab und Stecken meines Alters wirst mir nicht zwischen diesen zitternden Händen zerbrechen!... Du begreifst", fuhr er in einem schon trockneren, sachlichen Tone fort, „daß, wie die Dinge einmal liegen, deines Bleibens im Kloster nicht länger sein kann. Ist es doch kanonisch, nicht wahr, Söhnchen, daß ein Mönch, dessen Vater verarmt oder versiecht, von seinem Prior beurlaubt wird, um das Erbgut zu bebauen und den Urheber seiner Tage zu ernähren. Ich aber brauche dich noch viel notwendiger. Deine Brüder und Neffen sind weg, und jetzt bist du es, der die Lebensfackel unseres Hauses trägt! Du bist ein Flämmchen, das ich angezündet habe, und mir kann nicht dienen, daß es in einer Zelle verglimme und verrauche! Wisse eines" – er hatte in den warmen, braunen Augen ein aufrichtiges Mitgefühl gelesen, und die ehrerbietige Haltung des Mönches schien einen blinden Gehorsam zu versprechen – „ich bin kränker, als du denkst. Nicht wahr, Isaschar?“ Er wendete sich rückwärts gegen eine schmale Gestalt, welche mit Fläschchen und Löffel in den Händen durch eine Nebentür leise hinter den Stuhl des Alten getreten war und jetzt mit dem blassen Haupte bestätigend nickte. „Ich fahre dahin, aber ich sage dir, Astorre: Lässest du mich meines Wunsches ungewährt, so weigert sich dein Väterchen, in den Kahn des Totenführers zu steigen, und bleibt zusammengekauert am Dämmerstrande sitzen!“

Der Mönch streichelte die fiebernde Hand des Alten zärtlich, antwortete aber mit Sicherheit zwei Worte: „Meine Gelübde!“

Ezzelin entfaltete das Breve.

„Deine Gelübde?“ schmeichelte der alte Vicedomini. „Lose Stricke! Durchfeilte Fesseln! Mache eine Bewegung und sie fallen. Die heilige Kirche, welcher du Ehrfurcht und Gehorsam schuldig bist, erklärt sie für ungültig und nichtig. Da steht es geschrieben.“ Sein dürrer Finger zeigte auf das Pergament mit dem päpstlichen Siegel.

Der Mönch näherte sich ehrerbietig dem Herrscher, empfing die Schrift und las, von vier Augen beobachtet. Schwindelnd tat er einen Schritt rückwärts, als stünde er auf einer Turmhöhe und sähe das Geländer plötzlich weichen.

Ezzelin griff dem Wankenden mit der kurzen Frage unter die Arme: „Wem hast du dein Gelübde gegeben, Mönch? dir? oder der Kirche?“

„Natürlich beiden!“ schrie der Alte erbost. „Das sind verfluchte Spitzfindigkeiten! Nimm dich vor dem dort in acht, Söhnchen! Er will uns Vicedomini an den Bettelstab bringen!“

Ohne Zorn legte Ezzelin die Rechte auf den Bart und schwur: „Stirbt Vicedomini, so beerbt ihn der Mönch hier, sein Sohn, und stiftet – sollte das Geschlecht mit ihm erlöschen und wenn er mich und seine Vaterstadt liebhat – ein Hospital von einer gewissen Ausdehnung und Großartigkeit, um welches uns die hundert Städte“ – er meinte die Städte Italiens – „beneiden sollen. Nun, Gevatter, da ich mich von dem Vorwurfe der Raubgier gereinigt habe, darf ich an den Mönch ein paar weitere Fragen richten? Du gestattest?“

Jetzt packte den Alten ein solcher Ingrimm, daß er in Krämpfe fiel. Noch aber ließ er den Arm des Mönches, welchen er wieder ergriffen hatte, nicht fahren.

Isaschar näherte den vollen, mit einer stark duftenden Essenz gefüllten Löffel vorsichtig den fahlen Lippen. Der Gefolterte wendete mit einer Anstrengung den Kopf ab. „Laß mich in Ruhe!“ stöhnte er, „du bist auch der Arzt des Vogts!“ und schloß die Augen.

Der Jude wandte die seinigen, welche glänzend schwarz und sehr klug waren, gegen den Tyrannen, als flehe er um Verzeihung für diesen Argwohn.

„Wird er zur Besinnung zurückkehren?“ fragte Ezzelin.

„Ich glaube“, antwortete der Jude. „Noch lebt er und wird wieder erwachen, aber nicht für lange, fürchte ich. Diese Sonne sieht er nicht untergehen.“

Der Tyrann ergriff den Augenblick, mit Astorre zu sprechen, der um den ohnmächtigen Vater beschäftigt war.

„Stehe mir Rede, Mönch!“ sagte Ezzelin und wühlte – seine Lieblingsgebärde – mit den gespreizten Fingern der Rechten in dem Gewelle seines Bartes. „Wieviel haben dich die drei Gelübde gekostet, die du vor zehn und einigen Jahren, ich gebe dir dreißig“ – der Mönch nickte – „beschworen hast?“

Astorre schlug die lautern Augen auf und erwiderte ohne Bedenken: „Armut und Gehorsam nichts. Ich habe keinen Sinn für Besitz und gehorche leicht.“ Er hielt inne und errötete.

Der Tyrann fand ein Wohlgefallen an dieser männlichen Keuschheit. „Hat dir dieser hier deinen Stand aufgenötigt oder dich dazu beschwatzt?“ lenkte er ab.

„Nein“, erklärte der Mönch. „Seit lange her, wie der Stammbaum erzählt, wird in unserm Hause von dreien oder vieren der letzte geistlich, sei es, damit wir Vicedomini einen Fürbitter besitzen oder um das Erbe und die Macht des Hauses zu wahren – gleichviel, der Brauch ist alt und ehrwürdig. Ich kannte mein Los, welches mir nicht zuwider war, von jung an. Mir wurde kein Zwang auferlegt.“

„Und das dritte?“ holte Ezzelin nach – er meinte das dritte Gelübde. Astorre verstand ihn.

Mit einem neuen, aber dieses Mal schwachen Erröten erwiderte er: „Es ist mir nicht leicht geworden, doch ich vermochte es wie andere Mönche, wenn sie gut beraten sind, und das war ich. Von dem heiligen Antonius“, fügte er ehrfürchtig hinzu.

„Dieser verdienstliche Heilige, wie ihr wisset, Herrschaften, hat einige Jahre bei den Franziskanern in Padua gelebt“, erläuterte Dante.

„Wie sollten wir nicht?“ scherzte einer unter den Zuhörern. „Haben wir doch die Reliquie verehrt, die in dem dortigen Klosterteiche herumschwimmt: ich meine den Hecht, welcher weiland der Predigt des Heiligen beiwohnte, sich bekehrte, der Fleischspeise entsagte, im Guten standhielt und jetzt noch in hohem Alter als strenger Vegetarier" – er verschluckte das Ende des Schwankes, denn Dante hatte gegen ihn die Stirn gerunzelt.

„Und was riet er dir?" fragte Ezzelin.

„Meinen Stand einfach zu fassen, schlecht und recht", berichtete der Mönch, „als einen pünktlichen Dienst, etwa wie einen Kriegsdienst, welcher ja auch gehorsame Muskeln verlangt und Entbehrungen, die ein wackerer Krieger nicht einmal als solche fühlen darf: die Erde im Schweiße meines Angesichtes zu graben, mäßig zu essen, mäßig zu fasten, weder Mädchen noch jungen Frauen Beichte zu sitzen, im Angesichte Gottes zu wandeln und seine Mutter nicht brünstiger anzubeten, als das Breviarium vorschreibt."

Der Tyrann lächelte. Dann streckte er die Rechte gegen den Mönch aus, ermahnend oder segnend, und sprach: „Glücklicher! Du hast einen Stern! Dein Heute entsteht leicht aus deinem Gestern und wird unversehens zu deinem Morgen! Du bist etwas und nichts Geringes; denn du übst das Amt der Barmherzigkeit, das ich gelten lasse, wiewohl ich ein anderes bekleide. Würdest du in die Welt treten, die ihre eigenen Gesetze befolgt, welche zu lernen es für dich zu spät ist, so würde dein klarer Stern zum lächerlichen Irrwisch und zerplatzte zischend nach ein paar albernen Sprüngen unter dem Hohne der Himmlischen!

Noch eines, und dies rede ich als der, welcher ich bin: der Herr von Padua. Dein Wandel war meinem Volke eine Erbauung, ein Beispiel der Entsagung. Der Ärmste getröstete sich deiner, den er seine karge Kost und sein hartes Tagewerk teilen sah. Wirfst du die Kutte weg, freiest du ein Vornehmer eine Vornehme, schöpfst du mit vollen Händen aus dem Reichtume deines Hauses, so begehst du Raub an dem Volke, welches dich als einen seinesgleichen in Besitz genommen hat, du machst mir Unzufriedene und Ungenügsame, und entstünde daraus Zorn, Ungehorsam, Empörung, mich sollte es nicht wundern. Die Dinge verketten sich!

Ich und Padua können dich nicht entbehren! Mit deiner schönen und ritterlichen Gestalt stichst du der Menge in die Augen und hast auch mehr oder wenigstens einen edlern Mut als deine bäurischen Brüder. Wenn das Volk nach seiner rasenden Art diesen hier“ – er deutete auf Isaschar – „ermorden will, weil er ihm Hilfe bringt, was dem Juden in der letzten Pestzeit – wenig fehlte – geschehen wäre, wer verteidigt ihn, wie du tatest, gegen die wahnsinnige Menge, bis ich da bin und Halt gebiete?

Isaschar, hilf mir den Mönch überzeugen!“ wendete sich Ezzelin gegen den Arzt mit einem grausamen Lächeln. „Schon deinetwegen darf er sich nicht entkutten!“

„Herr“, lispelte dieser, „unter deinem Zepter wird sich die unvernünftige Szene, welche du so gerecht wie blutig gestraft hast, kaum wiederholen, und meinethalb, dessen Glaube die Dauer des Stammes als Gottes höchsten Segen preist, darf der Erlauchte“ – so und schon nicht mehr den Ehrwürdigen nannte er den Mönch – „nicht unvermählt bleiben.“

Ezzelin lächelte über die Feinheit des Juden. „Und wohin gehen deine Gedanken, Mönch?“ fragte er.

„Sie stehen und beharren! Doch ich wollte – Gott verzeihe mir die Sünde –, der Vater erwachte nicht mehr, daß ich nicht hart gegen ihn sein muß! Hätte er nur schon die Zehrung empfangen!" Er küßte heftig die Wange des Ohnmächtigen, welcher darüber zur Besinnung kam.

Der wieder Belebte tat einen schweren Seufzer, hob die müden Augenlider und richtete aus dem grauen Gebüsch seiner hangenden Brauen einen Blick des Flehens auf den Mönch. „Wie steht's?" fragte er. „Was hast du über mich verhängt, Geliebtester? Himmel oder Hölle?"

„Vater", bat Astorre mit bewegter Stimme, „deine Zeit ist um! Dein Stündlein ist gekommen! Entschlage dich der weltlichen Dinge und Sorgen! Denke an die Seele! Siehe, deine Priester" – er meinte die der Pfarrkirche – „sind nebenan versammelt und harren mit den hochheiligen Sterbesakramenten."

Es war so. Die Türe des Nebengemaches hatte sich sachte geöffnet, aus demselben schimmerte schwaches, in der Tageshelle kaum sichtbares Kerzenlicht, ein Chor präludierte gedämpft, und das leise Schüttern eines Glöckchens wurde hörbar.

Jetzt klammerte sich der Alte, der seine Knie schon in die kalte Flut der Lethe versinken fühlte, an den Mönch, wie weiland Sankt Petrus auf dem See Genezareth an den Heiland. „Du tust es mir!" lallte der.

„Könnte ich! Dürfte ich!" seufzte der Mönch. „Bei allen Heiligen, Vater, denke an die Ewigkeit! Laß das Irdische! Deine Stunde ist da!"

Diese verhüllte Weigerung entzündete das letzte Leben des Vicedomini zur lodernden Flamme. „Ungehorsamer! Undankbarer!" zürnte er.

Astorre winkte den Priestern.

„Bei allen Teufeln", raste der Alte, „laßt mich

zufrieden mit eurem Geknete und Gesalbe! Ich habe nichts zu verspielen, ich bin schon ein Verdammter und bliebe es mitten im himmlischen Reigen, wenn mein Sohn mich mutwillig verstößt und meinen Lebenskeim verdirbt!"

Der entsetzte Mönch, durch dieses grause Lästern im tiefsten erschüttert, sah seinen Vater unwiderruflich der ewigen Unseligkeit anheimfallen. So meinte er und war fest davon überzeugt, wie ich es an seiner Stelle auch gewesen wäre. Er warf sich vor dem Sterbenden in dunkler Verzweiflung auf die Knie und flehte unter stürzenden Tränen: „Herr, ich beschwöre Euch, habet Erbarmen mit Euch und mit mir!"

„Laß den Schlaukopf seiner Wege gehen!" raunte der Tyrann. Der Mönch vernahm es nicht.

Wieder gab er den erstaunten Priestern ein Zeichen, und die Sterbelitanei wollte beginnen.

Da kauerte sich der Alte zusammen wie ein trotziges Kind und schüttelte das graue Haupt.

„Laß den Arglistigen seine Straße ziehen!" mahnte Ezzelin lauter.

„Vater, Vater!" schluchzte der Mönch, und seine Seele zerfloß in Mitleid.

„Erlauchter Herr und christlicher Bruder", fragte jetzt ein Priester mit unsicherer Stimme, „seid Ihr in der Verfassung, Euern Schöpfer und Heiland zu empfangen?" Der Alte schwieg.

„Steht Ihr fest im Glauben an die heilige Dreifaltigkeit? Antwortet mir, Herr!" fragte der Geistliche zum andern Male und wurde bleich wie ein Tuch, denn: „Geleugnet und gelästert sei sie!" rief der Sterbende mit starker Stimme, „gelästert und –"

„Nicht weiter!" schrie der Mönch und war aufgesprungen. „Ich bin Euch zu Willen, Herr!

Machet mit mir, was Ihr wollt! Nur daß Ihr Euch nicht in die Flammen stürzet!“

Der Alte seufzte wie nach einer schweren Anstrengung. Dann blickte er erleichtert, ich hätte fast gesagt vergnügt um sich. Er ergriff mit tastender Hand den blonden Schopf Dianas, zog das sich von den Knien erhebende Weib in die Höhe, nahm ihre Hand, die sich nicht weigerte, öffnete die gekrampfte des Mönches und legte beide zusammen.

„Gültig! vor dem hochheiligen Sakramente!“ frohlockte er und segnete das Paar. Der Mönch widersprach nicht, und Diana schloß die Augen.

„Jetzt rasch, ehrwürdige Väter!“ drängte der Alte, „es eilt, wie ich meine, und ich bin in christlicher Verfassung.“

Der Mönch und seine Braut wollten hinter die priesterliche Schar zurücktreten. „Bleibt“, murmelte der Sterbende, „bleibt, daß euch meine getrösteten Augen zusammen sehen, bis sie brechen!“ Astorre und Diana, kaum einige Schritte zurückweichend, mußten mit vereinigten Händen vor dem erlöschenden Blicke des hartnäckigen Greises verharren.

Dieser murmelte eine kurze Beichte, empfing die letzte Zehrung und verschied, während sie ihm die Sohlen salbten und der Priester den schon tauben Ohren jenes großartige: „Brich auf, christliche Seele!“ zurief. Das gestorbene Antlitz trug den deutlichen Ausdruck triumphierender List.

Der Tyrann hatte, während ringsum alles auf den Knien lag, die heilige Handlung sitzend und mit ruhiger Aufmerksamkeit betrachtet, etwa wie man eine fremde Sitte beschaut oder wie ein Gelehrter das auf einem Sarkophag abgebildete Opfer eines alten Volkes besichtigt. Er näherte sich dem Toten und drückte ihm die Augen zu.

Dann wendete er sich gegen Diana. „Edle Frau“, sagte er, „ich denke, wir gehen nach Hause. Eure Eltern, wenn auch von Eurer Rettung unterrichtet, werden nach Euch verlangen. Auch traget Ihr ein Gewand der Niedrigkeit, das Euch nicht kleidet.“

„Fürst, ich danke und folge Euch“, erwiderte Diana, ließ aber ihre Hand in der des Mönches ruhen, dessen Blick sie bis jetzt gemieden hatte. Nun schaute sie dem Gatten voll ins Gesicht und sprach mit einer tiefen, aber wohlklingenden Stimme, während ihre Wangen sich mit dunkler Glut bedeckten: „Mein Herr und Gebieter, wir durften die Seele des Vaters nicht umkommen lassen. So wurde ich Euer. Haltet mir bessere Treue als dem Kloster. Euer Bruder hat mich nicht geliebt. Vergebet mir, wenn ich so rede: ich sage die einfache Wahrheit. Ihr werdet an mir ein gutes und gehorsames Weib besitzen. Doch habe ich zwei Eigenschaften, welche Ihr schonen müßt. Ich bin jähzornig, wenn man mir Recht oder Ehre antastet, und darin peinlich, daß man mir nichts versprechen darf, ohne es zu halten. Schon als Kind habe ich das schwer oder nicht gelitten. Ich bin von wenig Wünschen und verlange nichts über das Alltägliche hinaus; nur wo mir einmal etwas gezeigt und zugesagt wurde, da bedarf ich der Erfüllung, sonst verliere ich den Glauben und kränke mich schwerer als andere Frauen über das Unrecht. Doch wie darf ich so zu Euch reden, mein Herr und Gebieter, den ich kaum kenne? Laßt mich verstummen. Lebet wohl, mein Gemahl, und gebet mir neun Tage, Euern Bruder zu betrauern.“ Jetzt löste sie langsam die Hand aus der seinigen und verschwand mit dem Tyrannen.

Inzwischen hatte die geistliche Schar den Leichnam weggehoben, um ihn in der Hauskapelle aufzubahren und einzusegnen.

Astorre stand allein in seinem verscherzten Mönchsgewande, welches eine von Reue erfüllte Brust bedeckte. Ein Heer von Dienern, das den seltsamen Vorgang belauscht und genügend begriffen hatte, näherte sich in unterwürfigen Stellungen und mit furchtsamen Gebärden seinem neuen Herrn, verblüfft und eingeschüchtert weniger noch durch den Wechsel der Herrschaft als durch das vermeintliche Sakrilegium der gebrochenen Gelübde – das leise gelesene Breve war nicht zu ihren Ohren gelangt – und durch die Verweltlichung des ehrwürdigen Mönches. Diesem gelang es nicht, seinen Vater zu betrauern. Ihn beschlich, jetzt, da er seines Willens wieder mächtig war, der Argwohn, was sage ich, ihn überkam die empörende Gewißheit, daß ein Sterbender seinen guten Glauben betrogen und seine Barmherzigkeit mißbraucht habe. Er entdeckte in der Verzweiflung des Alten den Schlupfwinkel der List und in der wilden Lästerung das berechnete Spiel an der Schwelle des Todes. Unwillig, fast feindselig wandte sich sein Gedanke gegen das ihm zugefallene Weib. Ihn versuchte der verzwickte mönchische Einfall, dasselbe nicht aus eigenem Herzen, sondern nur als Stellvertreter seines entseelten Bruders zu lieben; aber sein gesunder Sinn und sein redliches Gemüt verwarfen die schmähliche Auskunft. Da er sie nun als die Seinige betrachtete, erwehrte er sich einer gewissen Verwunderung nicht, daß ihm sein Weib mit so bündiger Rede und harter Wahrheitsliebe entgegengetreten und so sachlich mit ihm sich auseinandergesetzt habe, ohne Schleier und Wolke, eine viel derbere und wirklichere Gestalt als die zarten Erscheinungen der Legende. Er hatte sich die Frauen weicher gedacht.

Jetzt gewahrte der Mönch plötzlich sein Ordenskleid und den Widerspruch seiner Gefühle und Betrachtungen mit demselben. Er schämte sich vor seiner Kutte, und sie wurde ihm lästig. „Gebt mir weltliches Gewand!“ befahl er. Geschäftige Diener umringten ihn, aus welchen er bald in der Tracht seines ertrunkenen Bruders, mit dem er ungefähr von gleichem Wuchse war, hervortrat.

In demselben Augenblicke warf sich ihm der Narr seines Vaters mit Namen Gocciola zu Füßen und huldigte ihm, nicht um wie die andern Verlängerung seines Dienstes sich zu erbitten, sondern seinen Abschied und die Erlaubnis, den Stand zu wechseln, denn er sei der Welt überdrüssig, seine Haare ergrauen und es stünde ihm schlecht an, mit der läutenden Schellenkappe ins Jenseits zu gehen. Mit diesen weinerlichen Worten bemächtigte er sich der abgeworfenen Kutte, welche das Gesinde zu berühren sich gescheut hatte. Aber sein buntscheckiges Gehirn schlug einen Purzelbaum, und er fügte lüstern bei: „Einmal möchte ich noch Amarellen essen, ehe ich der Welt und ihren Täuschungen Valet sage! Hochzeit läßt hier nicht auf sich warten, ich glaube.“ Er beleckte sich die Maulwinkel mit seiner fahlen Zunge. Dann bog er ein Knie vor dem Mönche, schüttelte seine Schellen und entsprang, die Kutte hinter sich herschleifend.

„Amarelle oder Amare“, erläuterte Dante, „heißt das paduanische Hochzeitsgebäck wegen seines bittern Mandelgeschmackes und zugleich mit anmutiger Anspielung auf das Verbum der ersten Konjugation.“ Hier machte der Erzähler eine Pause und verschattete Stirn und Augen mit der Hand, den weitern Gang seiner Fabel übersinnend.

Inzwischen trat der Majordom des Fürsten, ein Alsatier namens Burcardo, mit abgemessenen Schritten, umständlichen Bücklingen und weitläufigen Entschuldigungen, daß er die Unterhaltung stören müsse, vor Cangrande, welchen er in irgendeiner häuslichen Angelegenheit um Befehl bat. Deutsche waren dazumal an den ghibellinischen Höfen Italiens keine eben seltene Erscheinung, ja sie wurden gesucht und den Einheimischen vorgezogen wegen ihrer Redlichkeit und ihres angeborenen Verständnisses für Zeremonien und Gebräuche.

Als Dante das Haupt wieder hob, gewahrte er den Elsässer und hörte sein Welsch, das weich und hart beharrlich verwechselte, den Hof ergötzend, das feine Ohr des Dichters aber empfindlich beleidigend. Sein Blick verweilte dann mit sichtlichem Wohlgefallen auf den zwei Jünglingen, Ascanio und dem bepanzerten Krieger. Zuletzt ließ er ihn sinnend ruhen auf den beiden Frauen, der Herrin Diana, die sich belebt und deren marmorne Wange sich leicht gerötet hatte, und auf Antiope, der Freundin Cangrandes, einem hübschen und natürlichen Wesen. Dann fuhr er fort.

Hinter der Stadtburg der Vicedomini dehnte sich vormals – jetzt, da das erlauchte Geschlecht längst erloschen ist, hat sich jener Platz völlig verändert – ein geräumiger Bezirk bis an den Fuß der festen und breiten Stadtmauer aus, so geräumig, daß er Weideplätze für Herden, Gehege für Hirsche und

Rehe, mit Fischen gefüllte Teiche, tiefe Waldschatten und sonnige Weinlauben enthielt. An einem leuchtenden Morgen, sieben Tage nach der Totenfeier, saß im schwarzen Schatten einer Zeder, den Rücken an den Stamm gelehnt und die Schnäbel seiner Schuhe in das brennende Sonnenlicht streckend, der Mönch Astorre; denn diesen Namen behielt er unter den Paduanern, obwohl er weltlich geworden war, während seines kurzen Wandels auf der Erde. Er saß oder lag einem Brunnen gegenüber, der aus dem Mund einer gleichgültigen Maske eine kühle Flut sprudelte, unfern einer Steinbank, welcher er das weiche Polster des schwellenden Rasens vorgezogen hatte.

Während er sann oder träumte, ich weiß nicht was, sprangen auf dem beinahe schon mittäglich übersonnten Platze vor dem Palast zwei junge Leute von staubbedeckten Gäulen, der eine gepanzert, der andere mit Wahl gekleidet, obschon im Reisegewand. Ascanio und Germano, so hießen die Reiter, waren die Günstlinge des Vogtes und zugleich die Jugendgespielen des Mönches, mit welchen er brüderlich gelernt und sich ergötzt hatte bis zu seinem fünfzehnten Jahre, dem Beginne seines Noviziates. Ezzelin hatte sie an seinen Schwieger, Kaiser Friedrich, gesendet.

Dante hielt inne und verneigte sich vor dem großen Schatten.

Mit beantworteten Aufträgen kehrten die zweie zu dem Tyrannen zurück, welchem sie noch überdies die Neuigkeit des Tages mitbrachten: eine in der kaiserlichen Kanzlei verfertigte Abschrift des an den christlichen Klerus gerichteten Hirtenbriefes, worin der Heilige Vater den geistvollen Kaiser vor dem Angesichte der Welt der äußersten Gottlosigkeit anklagt.

Obwohl mit wichtigen, vielleicht Eile heischenden Aufträgen und dem unheilschweren Dokumente betraut, brachten die beiden es nicht über sich, an dem Heim ihres Jugendgespielen vorbei nach dem Stadtturm des Tyrannen zu sprengen. Sie hatten in der letzten Herberge vor Padua, wo sie, ohne den Bügel zu verlassen, ihre Pferde fressen und saufen ließen, von dem geschwätzigen Schenkwirt das große Stadtunglück und das größere Stadtärgernis, den Untergang der Hochzeitsbarke und die weggeschleuderte Kutte des Mönches erfahren, so ziemlich mit allen Umständen, ohne die vereinigten Hände Dianas und Astorres jedoch, welche noch nicht offenbar geworden waren. Unzerstörliche Bande, die uns an die Gespielen unserer Kindheit fesseln! Von dem seltsamen Schicksale Astorres betroffen, konnten die beiden keine Ruhe finden, bis sie ihn mit Augen gesehen, den Wiedergewonnenen. Während langer Jahre waren sie nur dem Mönche begegnet, zufällig auf der Straße, ihn mit einem zwar freundlichen, aber durch aufrichtige Ehrfurcht vertieften und etwas fremden Kopfnicken begrüßend.

Gocciola, den sie im Hofe des Palastes fanden, wie er mit einer Semmel beschäftigt auf einem Mäuerlein saß und die Beine baumeln ließ, führte sie in den Garten. Ihnen voranwandelnd, unterhielt der Narr die Jünglinge nicht von dem tragischen Schicksale des Hauses, sondern nur von seinen eigenen Angelegenheiten, welche ihm als das weit Wichtigere erschienen. Er erzählte, daß er brünstig nach einem seligen Ende strebe, und verschluckte darüber den Rest der Semmel, ohne ihn mit seinen wackligen Zähnen gekaut zu haben, so daß er fast daran erstickte. Über die Gesichter, die er schnitt, und über seine Sehnsucht nach der Zelle brach Ascanio in ein so lustiges Gelächter aus, daß er damit den Himmel entwölkte, wenn dieser heute nicht schon aus eigener Freude in leuchtenden Farben geschwelgt hätte.

Ascanio versagte sich nicht, das Tröpfchen zu foppen, schon um den lästigen Begleiter loszuwerden. „Ärmster", begann er, „du wirst die Zelle nicht erreichen, denn, unter uns, im tiefsten Vertrauen, mein Ohm, der Tyrann, hat ein begehrliches Auge auf dich geworfen. Laß dir sagen: er besitzt vier Narren, den Stoiker, den Epikureer, den Platoniker, den Skeptiker, wie er sie benennt. Diese viere stellen sich, wann der Ernste spaßen will, auf seinen Wink in die vier Ecken eines Saales, an dessen Wölbung der gestirnte Himmel und die Planetenbilder prangen. Der Ohm, im Hauskleide, tritt in die Mitte des Raumes, klatscht in die Hände, und die Philosophen wechseln hopsend die Winkel. Vorgestern ist der Stoiker heulend und winselnd draufgegangen, weil der Unersättliche viele Pfunde Nudeln auf einmal verschlang. Der Ohm hat mir flüchtig angedeutet, er gedenke ihn zu ersetzen und werde sich von dem Mönche, deinem neuen Herrn, als Erbsteuer dich, o Gocciola, erbitten. So steht es. Ezzelin fahndet nach dir. Wer weiß, ob er nicht hinter dir geht." Dieses war eine Anspielung auf die Allgegenwart des Tyrannen, welche die Paduaner in Furcht und beständigem Zittern hielt. Gocciola stieß einen Schrei aus, als falle die Hand des Gewaltigen auf seine Schulter, blickte sich um, und obwohl niemand hinter ihm ging als sein kurzer Schatten, flüchtete er sich zähneklappernd in irgendein Versteck.

„Ich streiche die Narren Ezzelins", unterbrach sich Dante mit einer griffelhaltenden Gebärde, als schriebe er seine Fabel, statt sie zu sprechen, wie er tat. „Der Zug ist unwahr, oder dann log Ascanio. Es ist durchaus undenkbar, daß ein so ernster und ursprünglich edler Geist wie Ezzelin Narren gefüttert und sich an ihrem Blödsinn ergötzt habe." Diesen geraden Stich führte der Florentiner gegen seinen Gastfreund, auf dessen Mantel Gocciola saß, den Dichter angrinsend.

Cangrande tat nicht dergleichen. Er versprach sich im stillen, bei erster Gelegenheit mit Wucher heimzuzahlen.

Befriedigt, fast heiter setzte Dante seine Erzählung fort.

Endlich entdeckten die beiden den entmönchten Mönch, welcher, wie gesagt, den Rücken an den Stamm einer Pinie lehnte –

„An den Stamm einer Zeder, Dante", verbesserte die aufmerksam gewordene Fürstin.

– einer Zeder lehnte und sich die Fußspitzen sonnte. Er bemerkte die sich ihm von beiden Seiten Nähernden nicht, so tief war er in sein leeres oder volles Träumen versunken. Jetzt bückte sich der mutwillige Ascanio nach einem Grashalm, brach denselben und kitzelte damit die Nase des Mönches, daß dieser dreimal kräftig nieste. Astorre ergriff freundlich die Hände seiner Jugendgespielen und zog sie rechts und links neben sich auf den Rasen nieder. „Nun, was saget ihr dazu?“ fragte er in einem Tone, der eher schüchtern als herausfordernd klang.

„Zuerst mein aufrichtiges Lob deines Priors und deines Klosters!“ scherzte Ascanio. „Sie haben dich frisch bewahrt. Du schaust jugendlicher als wir beide. Freilich, die knappe weltliche Tracht und das glatte Kinn mögen dich auch verjüngen. Weißt du, daß du ein schöner Mann bist? Du liegst unter deiner Riesenzeder gleich dem ersten Menschen, den Gott, wie die Gelehrten behaupten, als einen Dreißigjährigen erschuf, und ich“, fuhr er mit einer unschuldigen Miene fort, da er den Mönch über seinen Mutwillen erröten sah, „bin wahrlich der letzte, dich zu tadeln, daß du dich aus der Kutte befreitest, denn sein Geschlecht zu erhalten, ist der Wunsch alles Lebenden.“

„Es war nicht mein Wunsch noch freier Entschluß“, bekannte der Mönch wahrhaft. „Widerstrebend tat ich den Willen eines sterbenden Vaters.“

„Wirklich?“ lächelte Ascanio. „Erzähle das niemandem, Astorre, als uns, die dich lieben. Andern würde dich diese Unselbständigkeit lächerlich oder gar verächtlich machen. Und, weil wir vom Lächerlichen reden, gib acht, ich bitte dich, Astorre, daß du den Menschen aus dem Mönche entwickelst, ohne den guten Geschmack zu beleidigen! Der heikle Übergang will sorgfältig geschont und abgestuft sein. Nimm Rat an! Du reisest ein Jährchen, zum Beispiel an den Hof des Kaisers, von wo nach Padua und zurück die Boten nicht zu laufen aufhören. Du lässest dich von Ezzelin nach Palermo senden! Dort lernst du neben dem vollkommensten Ritter und dem vorurteilslosesten Menschen – ich meine unsern zweiten Friedrich – auch die Weiber kennen und gewöhnst dir die Mönchsart ab, sie zu vergöttern oder geringzuschätzen. Das Gemüt des Herrschers färbt Hof und Stadt. Wie das Leben hier in Padua geworden ist, unter meinem Ohm, dem Tyrannen, wild und übertrieben und gewalttätig, gibt es dir ein falsches Weltbild. Palermo, wo sich unter dem menschlichsten aller Herrscher Spiel und Ernst, Tugend und Lust, Treue und Unbestand, guter Glaube und kluges Mißtrauen in den richtigen Verhältnissen mischen, bietet das wahrere. Dort vertändelst du den Reigen eines Jahres mit unsern Freundinnen und Feindinnen in erlaubter oder läßlicher Weise" – der Mönch runzelte die Stirn – „machst etwa einen Feldzug mit, ohne jedoch unbesonnen dich auszusetzen – denke an deine Bestimmung –, nur daß du dich wieder erinnerst, wie Pferd und Klinge geführt wird – als Knabe verstundest du das –, behältst deine muntern braunen Augen, die – bei der Fackel der Aurora! – leuchten und sprühen, seit du das Kloster verlassen hast, überall offen und kehrst uns als ein Mann zurück, der sich und andere besitzt."

„Er muß dort beim Kaiser eine Schwäbin heiraten", riet der Gepanzerte gutmütig. „Sie sind frömmer und verläßlicher als unsere Weiber."

„Schweigst du wohl?" drohte ihm Ascanio mit dem Finger. „Mache mir keine Langeweile mit semmelblonden Zöpfen!" Der Mönch aber drückte die Rechte Germanos, welche er noch nicht hatte fahrenlassen.

„Aufrichtig, Germano", forschte er, „was sagst du dazu?"

„Wozu?" fragte dieser barsch.

„Nun, zu meinem neuen Stande?"

„Astorre, mein Freund“, antwortete der Schnurrbärtige etwas verlegen, „ist es getan, frägt man nicht mehr herum nach Beirat und Urteil. Man behauptet sich, wo man steht. Willst du aber meine Meinung durchaus wissen, nun, schau, Astorre, verletzte Treue, gebrochenes Wort, Fahnenflucht und so weiter, dem gibt man in Germanien grobe Namen. Natürlich bei dir ist's etwas ganz anderes, das läßt sich gar nicht vergleichen – und dann der sterbende Vater –, Astorre, mein lieber Freund, du hast ganz hübsch gehandelt, nur wäre das Gegenteil noch hübscher gewesen. Das ist meine Meinung“, schloß er treuherzig.

„So hättest du mir, wärest du dagewesen, die Hand deiner Schwester verweigert, Germano?“

Dieser fiel aus den Wolken. „Die Hand meiner Schwester? der Diana? derselben, die deinen Bruder betrauert?“

„Derselben. Sie ist meine Verlobte.“

„O herrlich!“ rief jetzt der weltkluge Ascanio, und: „Erfreulich!“ fiel Germano bei. „Laß dich umarmen, Schwager!“ Der Gepanzerte hatte trotz seiner Geradheit gute Lebensart. Aber er unterdrückte einen Seufzer. So herzlich er die herbe Schwester achtete, dem Mönche, wie dieser neben ihm saß, hätte er, nach seinem natürlichen Gefühle, ein anderes Weib gegeben.

So drehte er den Schnurrbart und Ascanio das Steuerruder des Gespräches. „Eigentlich, Astorre“, plauderte der Heitere, „müssen wir damit anfangen, uns wieder kennenzulernen; nicht weniger als deine fünfzehn beschaulichen Klosterjahre liegen zwischen unserer Kindheit und heute. Nicht daß wir inzwischen unser Wesen geändert hätten, wer ändert es? Doch wir haben uns ausgewachsen. Dieser zum Beispiel“ – er deutete gegen Germano – „freut sich jetzt eines schönen Waffenruhmes; aber ich habe ihn zu verklagen, daß er ein halber Deutscher geworden ist. Er“ – Ascanio krümmte den Arm, als leere er den Becher – „und hernach wird er tiefsinnig oder händelsüchtig. Auch verachtet er unser süßes Italienisch. ‚Ich werde deutsch mit euch reden!‘ prahlt er und brummt die Bärenlaute einer unmenschlichen Sprache. Dann erbleicht sein Gesinde, seine Gläubiger fliehen, und unsere Paduanerinnen kehren ihm die stattlichen Rücken zu. Dergestalt ist er vielleicht so jungfräulich geblieben als du, Astorre“, und er legte dem Mönch traulich die Hand auf die Schulter.

Germano lachte herzlich und erwiderte, auf Ascanio zeigend: „Und dieser hier hat seine Bestimmung gefunden, indem er der perfekte Höfling wurde.“

„Da irrst du dich, Germano“, widersprach der Günstling Ezzelins. „Meine Bestimmung war, das Leben leicht und heiter zu genießen.“ Und zum Beweise dessen rief er freundlich gebietend das Kind des Gärtners herbei, das er in einiger Entfernung sich vorüberstehlen und nach seiner neuen Herrschaft, dem Mönche, schielen sah. Das hübsche Ding trug einen mit Trauben und Feigen überhäuften Korb auf dem lachenden Haupte und schaute eher schelmisch als schüchtern. Ascanio war aufgesprungen. Er legte die Linke um die schlanke Seite des Mädchens und holte sich mit der Rechten aus dem Korb eine Traube. Zugleich suchte sein Mund die schwellenden Lippen. „Mich durstet“, sagte er. Das Mädchen tat schämig, hielt aber stille, weil es seine Früchte nicht verschütten wollte. Unmutig wendete sich der Mönch von den zwei Leichtsinnigen ab, und das erschreckende Dirnchen entrann, da es die harte mönchische Gebärde erblickte, den Pfad ihrer Flucht mit rollenden Früchten bestreuend. Ascanio, der seine Traube in der Hand hielt, hob hinter den flüchtigen Stapfen noch zwei andere auf, deren eine er Germano bot, welcher aber die ungekelterte verächtlich ins Gras warf. Die andere reichte der Mutwillige dem Mönche, der sie eine Weile ebenfalls unberührt ließ, dann aber gedankenlos eine saftige Beere und bald noch eine zweite und die dritte kostete.

„Ein Höfling?" fuhr Ascanio fort, der sich, belustigt durch die Zimperlichkeit des dreißigjährigen Mönches, wieder neben ihn auf den Rasen geworfen hatte. „Glaube das nicht, Astorre! Glaube das Gegenteil! Ich bin der einzige, welcher meinem Ohm leise, aber verständlich zuredet, daß er nicht unbarmherzig werde, daß er ein Mensch bleibe."

„Er ist nur gerecht und sich selbst getreu!" meinte Germano.

„Über seine Gerechtigkeit!" jammerte Ascanio, „und über seine Logik! Padua ist Reichslehen. Ezzelin ist Vogt. Wer ihm mißfällt, lehnt sich gegen das Reich auf. Hochverräter werden –" Er brachte es nicht über die Lippen. „Abscheulich!" murmelte er. „Und überhaupt: warum dürfen wir Welsche kein eigenes Leben unter unserer warmen Sonne führen? warum dieses Nebelphantom des Reiches, das uns den Atem beengt? Ich rede nicht für mich. Ich bin an den Ohm gefesselt. Stirbt der Kaiser, den Gott erhalte, so wirft sich ganz Italien mit Flüchen und Verwünschungen über den Tyrannen Ezzelin, und den Neffen erwürgen sie so nebenbei." Ascanio betrachtete über der üppigen Erde den strahlenden Himmel und stieß einen Seufzer aus.

„Uns beide", ergänzte Germano kaltblütig. „Das aber hat Weile. Der Gebieter besitzt eine feste Prophezeiung. Der gelehrte Guido Bonatti und Paul von Bagdad, welcher mit seinem langen Barte den Staub der Gasse zusammenfegt, haben ihm, so sehr sich die aufeinander Eifersüchtigen gewöhnlich widersprechen, ein neues seltsames Sternbild einmütig folgendergestalt enträtselt: in einer Kürze oder Länge wird ein Sohn der Halbinsel die ungeteilte Krone derselben erringen mit Hilfe eines germanischen Kaisers, der für sein Teil jenseits der Gebirge alles Deutsche in einen harten Reichsapfel zusammenballt. Ist Friedrich dieser Kaiser? Ist dieser König Ezzelin? Das weiß Gott, der Zeit und Stunde kennt, aber der Gebieter hat darauf seinen Ruhm und unsere Köpfe verwettet."

„Geflechte von Vernunft und Wahn!" ärgerte sich Ascanio, während der Mönch erstaunte über die Macht der Sterne, den weiten Ehrgeiz der Herrscher und den alles mitreißenden Strom der Welt. Auch erschreckte ihn das Gespenst der beginnenden Grausamkeit Ezzelins, in welchem der Unschuldige die verkörperte Gerechtigkeit gesehen hatte.

Ascanio beantwortete seine schweigenden Zweifel, indem er fortfuhr: „Mögen sie beide einen bösen Tod finden, der stirnrunzelnde Guido und der bärtige Heide! Sie verleiten den Ohm, seinen Launen und Lüsten zu gehorchen, indem er das Notwendige zu tun glaubt. Hast du ihm schon zugeschaut, Germano, wie er bei seinem kargen Mahle in dem durchsichtigen Kristall des Bechers sein Wasser mit den drei oder vier blutroten Tropfen Sizilianers färbt, welche er sich gönnt? wie sein aufmerksamer Blick das Blut verfolgt, das sich langsam wölkt und durch den lautern Quell verbreitet?

oder wie er den Toten die Lider zuzudrücken liebt, so daß es zur Höflichkeit geworden ist, den Vogt wie zu einem Fest an die Sterbelager zu bitten und ihm diese traurige Handlung zu überlassen? Ezzelin, mein Fürst, werde mir nicht grausam!" rief der Jüngling aus, von seinem Gefühl überwältigt.

„Ich denke nicht, Neffe", sprach es hinter ihm. Es war Ezzelin, welcher ungesehen herangetreten war und, obwohl kein Lauscher, den letzten schmerzlichen Ausruf Ascanios vernommen hatte.

Die drei Jünglinge erhoben sich rasch und begrüßten den Herrscher, der sich auf die Bank niederließ. Sein Gesicht war ruhig wie die Maske des Brunnens.

„Ihr meine Boten", stellte er Ascanio und Germano zur Rede, „was kam euch an, diesen hier" – er nickte leicht gegen den Mönch – „vor mir aufzusuchen?"

„Er ist unser Jugendgespiele und hat Seltsames erfahren", entschuldigte der Neffe, und Ezzelin ließ es gelten. Er empfing die Briefschaften, die ihm Ascanio, das Knie biegend, überreichte. Alles schob er in den Busen außer der Bulle. „Siehe da", sagte er, „das Neueste! Lies vor, Ascanio! Du hast jüngere Augen als ich."

Ascanio rezitierte den apostolischen Brief, während Ezzelin die Rechte in den Bart vergrub und mit dämonischem Vergnügen zuhörte.

Zuerst gab der dreigekrönte Schriftsteller dem geistreichen Kaiser den Namen eines apokalyptischen Ungeheuers. „Ich kenne das, es ist absurd", sagte der Tyrann. „Auch mich hat der Pontifex in seinen Briefen ausschweifend betitelt, bis ich ihn ermahnte, mich, welcher Ezzelin der Römer heißt, fortan in klassischer Sprache zu schelten. Wie nennt er mich dieses Mal? Ich bin neugierig. Suche nur die Stelle, Ascanio – es wird sich eine finden –, wo er meinem Schwieger seinen bösen Umgang vorhält. Gib her!“ Er ergriff das Schreiben und fand bald den Ort: hier beschuldigte der Papst den Kaiser, den Gatten seiner Tochter zu lieben, „Ezzelino da Romano, den größten Verbrecher der bewohnten Erde“.

„Korrekt!“ lobte Ezzelin und gab Ascanio das Schreiben zurück. „Lies mir die Gottlosigkeiten des Kaisers, Neffe“, lächelte er.

Ascanio las, Friedrich habe geäußert, es gebe neben vielem Wahn nur zwei wahre Götter: Natur und Vernunft. Der Tyrann zuckte die Achseln.

Ascanio las ferner, Friedrich habe geredet: drei Gaukler, Moses, Mohammed und – er stockte – hätten die Welt betrogen. „Oberflächlich“, tadelte Ezzelin, „sie hatten ihre Sterne; aber, gesagt oder nicht, der Spruch gräbt sich ein und wiegt für den unter der Tiara ein Heer und eine Flotte. Weiter.“

Nun kam eine wunderliche Mär an die Reihe: Friedrich hätte, durch ein wogendes Kornfeld reitend, mit seinem Gefolge gescherzt und in lästerlicher Anspielung auf die heilige Speise den Dreireim zum besten gegeben:

So viele Ähren, so viele Götter sind,
Sie schießen empor in der Sonne geschwind
Und wiegen die goldenen Häupter im Wind –

Ezzelin besann sich. „Seltsam!“ flüsterte er. „Mein Gedächtnis hat dieses Verschen aufbewahrt. Es ist durchaus authentisch. Der Kaiser hat es mir mit fröhlich lachendem Munde zugerufen, da wir zusammen im Angesichte der Tempeltrümmer von Enna jene strotzenden Ährenfelder durchritten, mit welchen Göttin Ceres die sizilische Scholle gesegnet hat. Darauf besinne ich mich mit derselben Klarheit, welche an jenem Sommertage über der Insel glänzte. Ich bin es nicht, der diesen heitern Scherz dem Pontifex mitgeteilt hat. Dazu bin ich zu ernsthaft. Wer tat es? Ich mache euch zu Richtern, Jünglinge. Wir ritten zu dreien, und der dritte – auch dessen bin ich gewiß, wie dieser leuchtenden Sonne" – sie warf gerade einen Strahl durch das Laub – „war Petrus de Vinea, der Unzertrennliche des Kaisers. Hätte der fromme Kanzler für seine Seele gebangt und sein Gewissen durch einen Brief nach Rom erleichtert? Reitet ein Sarazene heute? Ja? Rasch, Ascanio. Ich diktiere dir eine Zeile."

Dieser zog Täfelchen und Stift hervor, ließ sich auf das rechte Knie nieder und schrieb, das gebogene linke als Pult gebrauchend:

„Erhabener Herr und geliebter Schwieger! Ein schnelles Wort. Das Verschen in der Bulle – Ihr seid zu geistreich, um Euch zu wiederholen – haben nur vier Ohren gehört, die meinigen und die Eures Petrus, in den Kornfeldern von Enna, vor einem Jahre, da Ihr mich an Euern Hof beriefet und ich mit Euch die Insel durchritt. Kein Hahn kräht danach, wenn nicht der im Evangelium, welcher den Verrat des Petrus bekräftigte. Wenn Ihr mich und Euch liebet, Herr, so versuchet Euern Kanzler mit einer scharfen Frage."

„Blutiges Wortspiel! Das schreibe ich nicht! Die Hand zittert mir!" rief der erblassende Ascanio. „Ich bringe den Kanzler nicht auf die Folter!", und er warf den Stift weg.

„Dienstsache", bemerkte Germano trocken, hob den Stift auf und beendigte das Schreiben, welches er unter seine Eisenhaube schob. „Es läuft noch heute", sagte er. „Mir für meine einfache Person hat der Capuaner nie gefallen: er hat einen verhüllten Blick."

Der Mönch Astorre schauderte zusammen trotz der Mittagssonne. Zum ersten Male griff der aus dem Klosterfrieden Geschiedene, gleichsam mit Händen, wie die schlüpfrigen Windungen einer Natter, den Argwohn oder den Verrat der Welt. Aus seinem Brüten weckte ihn ein strenges Wort Ezzelins, welches dieser an ihn richtete, von seiner Steinbank sich erhebend.

„Sprich, Mönch, warum vergräbst du dich in dein Haus? Du hast es noch nie verlassen, seit du weltliches Gewand trägst. Du scheust die öffentliche Meinung? Tritt ihr entgegen! Sie weicht zurück. Machst du aber eine Bewegung der Flucht, so heftet sie sich an deine Sohle wie eine heulende Meute. Hast du deine Braut Diana besucht? Die Trauerwoche ist vorüber. Ich rate dir: heute noch lade deine Sippen, und heute noch vermähle dich mit Diana!"

„Und dann rasch mit euch auf dein entlegenstes Schloß!" beendigte Ascanio.

„Das rate ich nicht", verbot der Tyrann. „Keine Furcht. Keine Flucht. Heute vermählst du dich, und morgen hältst du Hochzeit mit Masken. Valete!" Er schied, Germano winkend, ihm zu folgen.

„Darf ich unterbrechen?" fragte Cangrande, der höflich genug gewesen war, eine natürliche Pause der Erzählung abzuwarten.

„Du bist der Herr", versetzte der Florentiner mürrisch.

„Traust du dem unsterblichen Kaiser jenes Wort von den drei großen Gauklern zu?"

„Non liquet."

„Ich meine: in deinem innersten Gefühle?"

Dante verneinte mit einer deutlichen Bewegung des Hauptes.

„Und doch hast du ihn als einen Gottlosen in den sechsten Kreis deiner Hölle verdammt. Wie durftest du das? Rechtfertige dich!"

„Herrlichkeit", antwortete der Florentiner, „die Komödie spricht zu meinem Zeitalter. Dieses aber liest die fürchterlichste der Lästerungen mit Recht oder Unrecht auf jener erhabenen Stirne. Ich vermag nichts gegen die fromme Meinung. Anders vielleicht urteilen die Künftigen."

„Mein Dante", fragte Cangrande zum andernmal, „glaubst du Petrus de Vinea unschuldig des Verrates an Kaiser und Reich?"

„Non liquet."

„Ich meine: in deinem innersten Gefühle?"

Dante verneinte mit derselben Gebärde.

„Und du lässest den Verräter in deiner Komödie seine Unschuld beteuern?"

„Herr", rechtfertigte sich der Florentiner, „werde ich, wo klare Beweise fehlen, einen Sohn der Halbinsel mehr des Verrates bezichtigen, da schon so viele Arglistige und Zweideutige unter uns sind?"

„Dante, mein Dante", sagte der Fürst, „du glaubst nicht an die Schuld, und du verdammst! Du glaubst an die Schuld, und du sprichst frei!" Dann führte er die Erzählung in spielendem Scherze weiter:

„Auch der Mönch und Ascanio verließen jetzt den Garten und betraten die Halle." Doch Dante nahm ihm das Wort.

Keineswegs, sondern sie stiegen in eine Turmstube, dieselbe, die Astorre als Knabe mit ungeschorenen Locken bewohnt: denn dieser mied die großen und prunkenden Gemächer, welche er sich erst gewöhnen mußte, als sein Eigentum zu betrachten, wie er auch den ihm hinterlassenen goldenen Hort noch mit keinem Finger berührt hatte. Den beiden folgte, auf einen gebietenden Wink Ascanios, der Majordom Burcardo in gemessener Entfernung mit steifen Schritten und verdrießlichen Mienen.

Der gleichnamige Haushofmeister Cangrandes war nach verrichtetem Geschäfte neugierig lauschend in den Saal zurückgetreten, denn er hatte gemerkt, daß es sich um wohlbekannte Personen handle; da er nun sich selbst nennen hörte und unversehens und lebensgroß im Spiegel der Novelle erblickte, fand er diesen Mißbrauch seiner Ehrenperson verwegen und durchaus unziemlich im Munde des beherbergten Gelehrten und geduldeten Flüchtlings, welchem er in gerechter Erwägung der Verhältnisse und Unterschiede auf dem obern Stockwerke des fürstlichen Hauses eine denkbar einfache Kammer eingeräumt hatte. Was die andern lächelnd gelitten, empfand er als ein Ärgernis. Er runzelte die Brauen und rollte die Augen. Der Florentiner weidete sich mit ernsthaftem Gesichte an der Entrüstung des Pedanten und ließ sich in seiner Fabel nicht stören.

„Würdiger Herr“, befragte Ascanio den Majordom – habe ich gesagt, daß dieser von Geburt ein Alsatier war? – „wie heiratet man in Padua? Astorre und ich sind unerfahrene Kinder in dieser Wissenschaft.“

Der Haushofmeister warf sich in Positur, starr seinen Herrn anschauend, ohne Ascanio, der ihm nach seinen Begriffen nichts zu befehlen hatte, eines Blickes zu würdigen.

„Distinguendum est“, sagte er feierlich. „Es ist auseinanderzuhalten: Werbung, Vermählung und Hochzeit.“

„Wo steht das geschrieben?“ scherzte Ascanio.

„Ecce!“ antwortete der Majordom, indem er ein großes Buch entfaltete, das ihn niemals verließ. „Hier!“, und er wies mit dem gestreckten Finger der linken Hand auf den Titel, welcher lautete: „Die Zeremonien von Padova nach genauer Erforschung zu Nutz und Frommen aller Ehrbaren und Anständigen zusammengestellt von Messer Godoscalco Burcardo.“ Er blätterte und las: „Erster Abschnitt: Die Werbung. Paragraph eins: Der ernsthafte Werber bringt einen Freund gleichen Standes als gültigen Zeugen mit –“

„Bei den überflüssigen Verdiensten meines Schutzheiligen“, unterbrach ihn Ascanio ungeduldig, „laß uns zufrieden mit ante und post, mit Werbung und Hochzeit, serviere uns das Mittelstück: wie vermählt man sich in Padua?“

„In Batova“, krähte der gereizte Alsatier, dessen barbarische Aussprache in der Gemütsbewegung noch mehr als gewöhnlich hervortrat, „werden zu den adeligen Sbosalizien geladen die zwölf großen Geschlechter“ – er zählte sie aus dem Gedächtnisse her – „zehn Tage voraus, nicht früher, nicht später, von dem Majordome des Bräutigams, gefolgt von sechs Dienern. In dieser erlauchten Versammlung werden die Ringe gewechselt. Man schlürft Cybrier und verzehrt als Hochzeitsgepäcke die Amarellen –“

„Gott gebe, daß wir uns nicht die Zähne ausbeißen!“ lachte Ascanio, und dem Majordom das Buch entreißend, durchlief er die Namen, von welchen sechs Familienhäupter – sechse von zwölfen – und einige Jünglinge mit breiten Strichen ausgelöscht waren. Sie mochten sich in irgendeine Verschwörung gegen den Tyrannen verwickelt und darin den Untergang gefunden haben.

„Merk auf, Alter!“ befahl Ascanio, für den Mönch handelnd, welcher in einen Sessel gesunken war und in Gedanken verloren die freundliche Bevormundung sich gefallen ließ. „Du hältst deinen Umgang mit den sechs Tagedieben zur Stunde, jetzt gleich, ohne Verzug, verstehst du? und ladest auf heute zur Vesperzeit.“

„Zehn Tage voraus“, wiederholte Herr Burcardo majestätisch, als verkünde er ein Reichsgesetz.

„Heute und auf heute, Starrkopf!“

„Unmöglich“, sprach der Majordom ruhig. „Ändert Ihr den Lauf der Gestirne und Jahreszeiten?“

„Du rebellierst? Jückt dich der Hals, Alter?“ warnte Ascanio mit einem sonderbaren Lächeln.

Das genügte. Herr Burcardo erriet. Ezzelin hatte befohlen, und der hartnäckigste der Pedanten fügte sich ohne Murren, so eisern war die Rute des Tyrannen.

„Dann ladest du die beiden Herrinnen Canossa nicht, die Olympia und die Antiope.“

„Warum diese nicht?“ fragte der Mönch plötzlich, wie von einem Zauberstabe berührt. Die Luft färbte sich vor seinem Blicke, und ein Bild entstand, dessen erster Umriß schon seine ganze Seele fesselte.

„Weil die Gräfin Olympia eine Törin ist, Astorre. Kennst du die Geschichte des armen Weibes nicht? Doch du stakest ja damals noch in den Windeln, will sagen in der Kutte. Es war vor drei Jahren, da die Blätter gilbten.“

„Im Sommer, Ascanio. Eben jährt es sich", widersprach der Mönch.

„Du hast recht – kennst du denn die Geschichte? Doch wie solltest du? Zu jener Zeit munkelte der Graf Canossa mit dem Legaten, wurde belauscht, ergriffen und verurteilt. Die Gräfin tat einen Fußfall vor dem Ohm, der sich in sein Schweigen hüllte. Sie wurde dann auf die sträflichste Weise von einem habgierigen Kämmerer getäuscht, welcher ihr Gewinnes wegen vorspiegelte, der Graf werde vor dem Blocke begnadigt werden. Das ging nicht in Erfüllung, und da man der Gräfin einen Enthaupteten brachte, warf sich ihm die aus der Hoffnung kopfüber in die Verzweiflung Geschleuderte durch das Fenster entgegen, wunderbarerweise ohne sich zu verletzen, außer daß sie sich den Fuß verstauchte. Aber von jenem Tage an war ihr Geist zerrüttet. Wenn natürliche Stimmungen sich unmerklich ineinander verlieren wie das erlöschende Licht in die wachsende Dämmerung, wechseln die ihrigen in rasendem Umschwung von Hell und Dunkel zwölfmal in zwölf Stunden. Von beständiger Unruhe gestachelt, eilt das elende Weib aus ihrem verödeten Stadtpalast auf ihr Landgut und aus diesem in die Stadt zurück, in ewigem Irrgange. Heute will sie ihr Kind einem Pächterssohn vermählen, weil nur Niedrigkeit Schutz und Frieden gewähre, morgen wäre ihr der edelste Freier, der übrigens aus Scheu vor einer solchen Mutter sich nicht einstellt, kaum vornehm genug –"

Hätte Ascanio, während seine Rede floß, den flüchtigsten Blick auf den Mönch geworfen, er hätte staunend innegehalten, denn das Antlitz des Mönches verklärte sich vor Mitleid und Erbarmen.

„Wenn der Tyrann", fuhr der Achtlose fort, „an

der Behausung Olympias vorüber auf die Jagd reitet, stürzt sie ans Fenster und erwartet, er werde an ihrer Schwelle vom Pferde steigen und die in Ungnade Geratene, aber nun genug Geprüfte, günstig und gnädig an seinen Hof zurückführen, wozu er wahrlich keine Lust hat. Eines andern Tages oder noch an demselben wähnt sie sich von Ezzelin, welcher sich nicht um sie bekümmert, verfolgt und geächtet. Sie glaubt sich verarmt und ihre Güter, die er unberührt ließ, eingezogen. So brennt und friert sie im Wechselfieber der schroffsten Gegensätze, ist nicht nur selbst verrückt, sondern verrückt auch, was sie in die wirbelnden Kreise ihres Kopfes zieht, und stiftet – denn sie ist nur eine halbe Törin und redet mitunter treffend und witzig – überall Unheil, wo ihr geglaubt wird. Es kann nicht die Rede davon sein, sie unter die Leute und an ein Fest zu bringen. Ein Wunder ist, daß ihr Kind, die Antiope, welches sie vergöttert und dessen Verheiratung sich im Mittelpunkte ihrer Phantasie dreht, auf diesem schwanken Boden den Verstand behält. Aber das Mädchen, das in seiner Frühblüte steht und leidlich hübsch ist, hat eine gute Natur ...“ So ging es noch eine Weile fort.

Astorre aber versank in seinem Traume. So sage ich, weil das Vergangene Traum ist. Denn der Mönch sah, was er vor drei Jahren erlebt hatte: einen Block, den Henker daneben und sich selbst an der Stelle eines erkrankten Mitmönches als geistlichen Tröster, der einen armen Sünder erwartet. Dieser – der Graf Canossa – erschien gefesselt, wollte aber durchaus nicht herhalten, sei es, weil er wähnte, seine Begnadigung werde, jetzt, da er vor dem Blocke stehe, nicht säumen, sei es einfach, weil er die Sonne liebte und die Gruft verabscheute. Er ließ den Mönch hart an und verschmähte seine Gebete. Ein entsetzliches Ringen stand bevor, wenn er fortfuhr, sich zu sträuben und zu stemmen; denn er hielt sein Kind an der Hand, welches ihm – von den Wachen unbemerkt – zugesprungen war und ihn umklammerte, die ausdrucksvollsten Augen und die flehendsten Blicke auf den Mönch heftend. Der Vater drückte das Mädchen fest an seine Brust und schien sich mit diesem jungen Leben gegen die Vernichtung decken zu wollen, wurde aber von dem Henker nieder und mit dem Haupte auf den Block gedrückt. Da legte das Kind Kopf und Nacken neben den väterlichen. Wollte es das Mitleid des Henkers erwecken? Wollte es den Vater ermutigen, das Unabwendbare zu leiden? Wollte es dem Unversöhnten den Namen eines Heiligen ins Ohr murmeln? Tat es das Unerhörte ohne Besinnen und Überlegung, aus überströmender kindlicher Liebe? Wollte es einfach mit ihm sterben?

Jetzt leuchteten die Farben so kräftig, daß der Mönch die zwei nebeneinanderliegenden Hälse, den ziegelroten Nacken des Grafen und den schneeweißen des Kindes mit dem gekräuselten goldbraunen Flaume, wenige Schritte vor sich in voller Lebenswahrheit erblickte. Das Hälschen war von der schönsten Bildung und ungewöhnlicher Schlankheit. Astorre bebte, das fallende Beil möchte sich irren, und fühlte sich in tiefster Seele erschüttert, nicht anders als das erstemal, nur daß ihm die Sinne nicht schwanden, wie sie ihm damals geschwunden waren, als die schreckliche Szene in Wahrheit und Wirklichkeit sich ereignete und er erst wieder zu sich kam, als alles vorüber war.

„Hat mir mein Gebieter einen Auftrag zu geben?" störte den Verzückten die schnarrende

Stimme des Majordoms, der es schwer ertrug, von Ascanio gemeistert zu werden.

„Burcardo", antwortete Astorre mit weicher Stimme, „vergiß nicht, die zwei Frauen Canossa, Mutter und Tochter, zu laden. Es sei nicht gesagt, daß der Mönch die von der Welt Gemiedenen und Verlassenen von sich fernhält. Ich ehre das Recht einer Unglücklichen" – hier stimmte der Majordom mit eifrigem Nicken bei – „von mir geladen und empfangen zu werden. Würde sie übergangen, es dürfte sie schwer kränken, wie sie beschaffen ist."

„Beileibe!" warnte Ascanio. „Tu dir doch das nicht zuleide! Dein Verlöbnis ist schon abenteuerlich genug! Und das Abenteuerliche begeistert die Törichten. Sie wird nach ihrer Art etwas Unglaubliches beginnen und irgendein tolles Wort in die Feier schleudern, welche sonst schon alle Paduanerinnen aufregt."

Herr Burcardo aber, der die Berechtigung einer Canossa, ob sie bei Verstande sei oder nicht, sich zu den Zwölfen zu versammeln, mit den Zähnen festhielt und seinen Gehorsam dem Vicedomini und keinem andern verpflichtet glaubte, verbeugte sich tief vor dem Mönche. „Deiner Herrlichkeit allein wird gehorcht", sprach er und entfernte sich.

„O Mönch, Mönch", rief Ascanio, „der die Barmherzigkeit in eine Welt trägt, wo kaum die Güte ungestraft bleibt!"

„Doch wie wir Menschen sind", flocht Dante ein, „oft zeigt uns ein prophetisches Licht den Rand eines Abgrundes, aber dann kommt der Witz und klügelt und lächelt und redet uns die Gefahr aus."

Dergestalt fragte und beruhigte sich der Leichtsinnige: Welche Beziehung auf der Welt hat

Schulter zurück: „Einen, nicht zweie! Den deinigen gibt dir Diana! Merke dir das, Astorre!“ Es war eine jener farbigen Seifenblasen, deren der Lustige mehr als eine täglich von den Lippen in die Luft jagte.

„Fraget ihr mich, Herrschaften, warum der Mönch den Freund beurlaubte, so sage ich: er wollte den himmlischen Ton, welchen die junge Märtyrerin der Kindesliebe in seinem Gemüte geweckt hatte, rein ausklingen lassen.“

Astorre hatte die Brücke erreicht, welche trotz des Sonnenbrandes randvoll war und von den nahen zwei Ufern ein doppeltes Menschengedränge vor den Laden des Florentiners führte. Der Mönch blieb unter seinem Mantel unerkannt, ob auch hin und wieder ein Auge fragend auf dem unbedeckten Teile seines Gesichtes ruhte. Adel und Bürgerschaft suchte sich den Vortritt abzugewinnen. Vornehme Weiber stiegen aus ihren Sänften und ließen sich drängen und drücken, um ein Paar Armringe oder ein Stirnband von neuester Mache zu erhandeln. Der Florentiner hatte auf allen Plätzen mit der Schelle verkündigen lassen, er schließe heute nach dem Ave Maria. Er dachte nicht daran. Doch was kostet einen Florentiner die Lüge!

Endlich stand der Mönch, von Menschen eingeengt, vor der Bude. Der bestürmte Händler, der sich verzehnfachte, streifte ihn mit einem erfahrenen Seitenblick und erriet sofort den Neuling. „Womit diene ich dem gebildeten Geschmacke der Herrlichkeit“, fragte er. „Gib mir einen einfachen Goldreif“, antwortete der Mönch. Der Kaufmann ergriff einen Becher, auf welchem, nach florentinischer Kunst und Art, in erhabener Arbeit irgend etwas Üppiges zu sehen war. Er schüttelte den Kelch, in dessen Bauche hundert Reife wimmelten, und bot ihn Astorre.

Dieser geriet in eine peinliche Verlegenheit. Er kannte den Umfang des Fingers nicht, welchen er mit einem Reife bekleiden sollte, und deren mehrere heraushebend, zauderte er sichtlich zwischen einem weitern und einem engern. Der Florentiner konnte den Spott nicht lassen, wie denn ein versteckter Hohn aus aller Rede am Arno hervorkichert. „Kennt der Herr die Gestalt des Fingers nicht, welchen er doch wohl zuweilen gedrückt hat?“ fragte er mit einem unschuldigen Gesichte, aber als ein kluger Mann verbesserte er sich alsobald und in der heimischen Meinung, der Verdacht der Unwissenheit sei beleidigend, derjenige der Sünde aber schmeichle, gab er Astorre zwei Ringe, einen größern und einen kleinern, die er aus Daumen und Zeigefinger seiner beiden Hände geschickt zwischen die Daumen und Zeigefinger des Mönches hinübergleiten ließ. „Für die zwei Liebchen der Herrlichkeit“, wisperte er sich verneigend.

Ehe noch der Mönch über diese lose Rede ungehalten werden konnte, erhielt er einen harten Stoß. Es war das Schulterblatt eines Roßpanzers, das ihn so unsanft streifte, daß er den kleinern Ring fallen ließ. In demselben Augenblicke schmetterte ihm der betäubende Ton von acht Tuben ins Ohr. Die Feldmusik der germanischen Leibwache des Vogtes ritt in zwei Reihen, beide vier Rosse hoch, über die Brücke, den ganzen Menscheninhalt derselben auseinanderwerfend und gegen die steinernen Geländer pressend.

Sobald die Bläser vorüber waren, stürzte der

Mönch, den festgehaltenen größern Ring rasch in seinem Gewande bergend, dem kleinern nach, welcher unter den Hufen der Gäule weggerollt war.

Das alte Bauwerk der Brücke war in der Mitte ausgefahren und vertieft, so daß der Reif die Höhlung hinab und dann, durch seine eigene Bewegung getrieben, die andere Seite hinanrollte. Hier hatte eine junge Zofe namens Isotta oder, wie man in Padua den Namen kürzt, Sotte das rollende und blitzende Ding gehascht, auf die Gefahr hin, von den Pferden zerstampft zu werden. „Ein Glücksring!" jubelte das unkluge Geschöpf und steckte einer jugendlichen Herrin, welcher sie das Begleite gab, mit kindischem Frohlocken den Fund an den schlanken Finger, den vierten der linken Hand, welcher ihr durch seine zierliche Bildung des engen Schmuckes besonders würdig und fähig schien. In Padua aber, wie auch hier in Verona, wenn mir recht ist, pflegt man den Trauring an der linken Hand zu tragen.

Das Edelfräulein zeigte sich unwillig über die Posse der Magd, war aber doch auch ein bißchen belustigt davon. Sie bemühte sich eifrig, den fremden Ring, der ihr wie angegossen saß, dem Finger wieder abzuziehen. Da stand unversehens der Mönch vor ihr und hob die Arme in freudiger Verwunderung. Seine Gebärde aber war, daß er die geöffnete rechte Hand vor sich hinstreckte, die linke in der Höhe des Herzens hielt; denn er hatte, trotz der entfalteten Blüte, an der auffallenden Schlankheit des Halses und wohl mehr noch an der Bewegung seiner Seele das Kind wiedererkannt, dessen zartes Haupt er auf dem Blocke gesehen hatte.

Während das Mädchen bestürzte, fragende Augen auf den Mönch richtete und immerfort an dem widerspenstigen Ringe drehte, zauderte

Astorre, denselben zurückzuverlangen. Doch es mußte geschehen. Er öffnete den Mund. „Junge Herrin“, begann er – und fühlte sich von zwei starken gepanzerten Armen umfaßt, die sich seiner bemächtigten und ihn emporzogen. Im Augenblicke sah er sich, mit Hilfe eines andern Gepanzerten, ein Bein rechts, ein Bein links, auf ein stampfendes Roß gesetzt. „Laß schauen“, schallte ein gutmütiges Gelächter, „ob du das Reiten nicht verlernt hast!“ Es war Germano, welcher an der Spitze der von ihm befehligten deutschen Kohorte ritt, die der Vogt auf eine Ebene unweit Padua zur Musterung befohlen hatte. Da er unvermutet den Freund und Schwager im Freien erblickte, hatte er sich den unschuldigen Spaß gemacht, denselben neben sich auf ein Pferd zu heben, von welchem ein junger Schwabe auf seinen Wink abgesprungen war. Das feurige Tier, welches den veränderten Reiter spürte, tat ein paar wilde Sprünge, es entstand ein Rossegedräng' auf der nicht geräumigen Brücke, und Astorre, dem die Kapuze zurückgefallen war und der sich mit Mühe im Bügel hielt, wurde von dem entsetzt ausweichenden Volke erkannt. „Der Mönch! der Mönch!“ rief und deutete es von allen Seiten, aber schon hatte der kriegerische Tumult die Brücke hinter sich und verschwand um eine Straßenecke. Der unbezahlt gebliebene Florentiner rannte nach, aber kaum zwanzig Schritte, denn ihm wurde bange um seine unter der schwachen Hut eines Jüngelchens gelassene Ware, und dann belehrte ihn der Zuruf der Menge, daß er es mit einer bekannten und leicht aufzufindenden Persönlichkeit zu tun habe. Er ließ sich den Palast Astorres bezeichnen und meldete sich dort heute, morgen, übermorgen. Die zwei ersten Male richtete er nichts aus, weil in der Behausung des Mönches alles drunter und drüber ging, das drittemal fand er die Siegel des Tyrannen an das verschlossene Tor geheftet. Mit diesem wollte der Feigling nichts zu schaffen haben, und so ging er der Bezahlung verlustig.

Die Frauen aber – zu Antiope und der leichtfertigen Zofe hatte sich noch eine dritte, durch den Brückentumult von ihnen abgedrängte wiedergefunden – schritten in der entgegengesetzten Richtung. Diese war ein seltsam blickendes, vorzeitig, wie es schien, gealtertes Weib mit tiefen Furchen, grauen Haarbüscheln, aufgeregten Mienen und schleppte ihr vernachlässigtes, aber vornehmes Gewand mitten durch den Straßenstaub.

Sotte erzählte eben der Alten, offenbar der Mutter des Fräuleins, mit dummem Jubel den Vorgang auf der Brücke: Astorre – auch ihr hatte der Zuruf des Volkes ihn genannt – Astorre der Mönch, der stadtkundig freien müsse, habe Antiope verstohlenerweise einen Goldring zugerollt, und als sie – Sotte – den Wink der Vorsehung und die Schlauheit des Mönches verstehend, ihn dem lieben Mädchen angesteckt, sei der Mönch selbst vor dasselbe hingetreten, und da Antiope ihm den Ring in Züchten habe zurückgeben wollen, habe er – sie ahmte den Mönch nach – die Linke zärtlich auf das Herz gelegt, so! die Rechte aber zurückweisend ausgestreckt mit einer Gebärde, die in ganz Italien nichts anderes sage und bedeute als: Behalte, Schatz!

Endlich kam die erstaunte Antiope zu Worte und beschwor die Mutter, auf das alberne Geschwätz Isottens nichts zu geben, aber umsonst. Madonna Olympia erhob die Arme gen Himmel und dankte auf offener Straße dem heiligen Antonius mit Inbrunst, daß er ihre tägliche Bitte über alles Hoffen und Erwarten erhört und ihrem Kleinod einen ebenbürtigen und tugendhaften Mann, einen seiner eigenen Söhne beschert habe. Dabei gebärdete sie sich so abenteuerlich, daß die Vorbeigehenden lachend auf die Stirne wiesen. Die verwirrte Antiope gab sich alle erdenkliche Mühe, der Mutter das blendende Märchen auszureden; aber diese hörte nicht und baute leidenschaftlich an ihrem Luftschlosse weiter.

So langten die Frauen in dem Palaste Canossa an und begegneten im Torbogen einem steif geputzten Majordom, dem sechs verschwenderisch gekleidete Diener folgten. Herr Burcardo ließ, ehrerbietig zurücktretend, Madonna Olympia die Treppe voraufgehen, dann, in einer öden Halle angelangt, machte er drei abgezirkelte Verbeugungen, eine immer näher und tiefer als die andere, und redete langsam und feierlich: „Herrlichkeiten, mich sendet Astorre Vicedomini, hochdieselben untertänigst zu seinen Sbosalizien zu laden, heute“ – er verschluckte schmerzhaft „in zehn Tagen“ – „wann es Vesper läutet.“

Dante hielt inne. Seine Fabel lag in ausgeschütteter Fülle vor ihm; aber sein strenger Geist wählte und vereinfachte. Da rief ihn Cangrande.

„Mein Dante“, hub er an, „ich wundere mich, mit wie harten und ätzend scharfen Zügen du deinen Florentiner umrissen hast! Dein Niccolò Lippo dei Lippi ist verbannt durch ein feiles und ungerechtes Urteil. Er selbst aber ist ein Überteurer, ein Schmeichler, ein Lügner, ein Spötter, ein Schlüpfriger und eine Memme, alles ‚nach Art der Florentiner‘. Und das ist nur ein winziges Flämmchen aus dem Feuerregen von Verwünschungen, womit du dein Florenz überschüttest, nur eine tröpfelnde Neige jener bittern von Essig und Galle triefenden Terzinen, die du in deiner Komödie der Vaterstadt zu kosten gibst. Lasse dir sagen, es ist unedel, seine Wiege zu schmähen, seine Mutter zu beschämen! Es kleidet nicht gut! Glaube mir, es macht einen schlechten Eindruck!

Mein Dante, ich will dir erzählen von einem Puppenspiele, dem ich jüngst, verkappt unter dem Volke mich umtreibend, in unserer Arena zuschaute. Du rümpfst die Nase, daß ich den niedrigen Geschmack habe, in müßigen Augenblicken an Puppen und Narren mich zu vergnügen. Dennoch begleite mich vor die kleine Bühne! Was schaust du da? Mann und Weib zanken sich. Sie wird geprügelt und weint. Ein Nachbar streckt den Kopf durch die Türspalte, predigt, straft, mischt sich ein. Doch siehe! das tapfere Weib erhebt sich gegen den Eindringling und nimmt Partei für den Mann. ‚Wenn es mir beliebt, geprügelt zu werden!‘ heult sie.

Ähnlicherweise, mein Dante, spricht ein Hochherziger, welchen seine Vaterstadt mißhandelt: Ich will geschlagen sein!“

Viele junge und scharfe Augen hafteten auf dem Florentiner. Dieser verhüllte sich schweigend das Haupt. Was in ihm vorging, weiß niemand. Als er es wieder erhob, war seine Stirn vergrämter, sein Mund bitterer und seine Nase länger.

Dante lauschte. Der Wind pfiff um die Ecken der Burg und stieß einen schlecht verwahrten Laden auf. Monte Baldo hatte seine ersten Schauer gesendet. Man sah die Flocken stäuben und wirbeln, von der Flamme des Herdes beleuchtet. Der Dichter betrachtete den Schneesturm, und seine Tage, welche er sich entschlüpfen fühlte, erschienen ihm unter der Gestalt dieser bleichen Jagd und Flucht durch eine unstete Röte. Er bebte vor Frost.

Und seine feinfühligen Zuhörer empfanden mit ihm, daß ihn kein eigenes Heim, sondern nur wandelbare Gunst wechselnder Gönner bedache und vor dem Winter beschirme, welcher Landstraße und Feldweg mit Schnee bedeckte. Alle wurden es inne und Cangrande, der von großer Gesinnung war, zuerst: Hier sitzt ein Heimatloser!

Der Fürst erhob sich, den Narren wie eine Feder von seinem Mantel schüttelnd, trat auf den Verbannten zu, nahm ihn an der Hand und führte ihn an seinen eigenen Platz, nahe dem Feuer. „Er gebührt dir", sagte er, und Dante widersprach nicht. Cangrande aber bediente sich des freigewordenen Schemels. Er konnte dort bequem die beiden Frauen betrachten, zwischen welchen jetzt der Wanderer durch die Hölle saß, den das Feuer glühend beschien und der seine Erzählung folgendermaßen fortsetzte:

Während die mindern Glocken in Padua die Vesper läuteten, versammelte sich unter dem Zedergebälke des Prunksaales der Vicedomini, was von den zwölf Geschlechtern übriggeblieben war, den Eintritt des Hausherrn erwartend. Diana hielt sich zu Vater und Bruder. Ein leises Geschwätze lief um. Die Männer besprachen ernst und gründlich die politische Seite der Vermählung zweier großer städtischer Geschlechter. Die Jünglinge scherzten halblaut über den heiratenden Mönch. Die Frauen schauderten, trotz dem Breve des Papstes, vor dem Sakrilegium, welches nur die von knospenden Töchtern umringten in milderem Lichte sahen, mit dem Zwang der Umstände entschuldigten oder aus der Herzensgüte des Mönches erklärten. Die Mädchen waren lauter Erwartung.

Die Anwesenheit der Olympia Canossa erregte Verwunderung und Unbehagen, denn sie war in auffallendem, fast königlichem Staate, als ob ihr bei der bevorstehenden Feier eine Hauptrolle zustünde, und redete mit unheimlicher Zungenfertigkeit in Antiope hinein, welche bangen Herzens die aufgebrachte Mutter flüsternd und flehend zu beschwichtigen suchte. Madonna Olympia hatte sich schon auf den Treppen gewaltig geärgert, wo sie – Herr Burcardo beschäftigte sich eben mit dem Empfange zweier anderer Herrschaften – von Gocciola, der eine neue scharlachrote Kappe mit silbernen Schellen in der Hand hielt, ehrfürchtig willkommen geheißen wurde. Jetzt mit den andern im Kreise stehend, belästigte oder ängstigte sie durch ihr maßloses Gebärdenspiel ihre Standesgenossen. Mit Augenwinken und Kinnheben wurde auf die Ärmste gedeutet. Keiner hätte sie an des Mönches Statt geladen, und jeder machte sich darauf gefaßt, sie werde diesem einen ihrer Streiche spielen.

Burcardo meldete den Hausherrn. Astorre hatte sich von den Germanen bald losgemacht, war auf die Brücke zurückgeeilt, ohne dort den Ring noch die Frauen mehr zu finden, und sich darüber Vorwürfe machend, obschon im Grunde nur der Zufall anzuklagen war, hatte er in der ihm bis zur Vesper bleibenden Stunde den Entschluß gefaßt, in Zukunft immerdar nach den Regeln der Klugheit zu handeln. Mit diesem Vorsatze trat er in den Saal und in die Mitte der Versammelten. Der Druck der auf ihn gerichteten Aufmerksamkeit und die sozusagen in der Luft fühlbaren Formen und Forderungen der Gesellschaft ließen ihn empfinden, daß er nicht die Wirklichkeit der Dinge sagen dürfe, energisch und mitunter häßlich wie sie ist, sondern ihr eine gemilderte und gefällige Gestalt geben müsse. So hielt er sich unwillkürlich in der Mitte zwischen Wahrheit und schönem Schein und redete untadelig.

„Herrschaften und Standesbrüder", begann er, „der Tod hat eine reiche Ernte unter uns Vicedomini gehalten. Wie ich in Schwarz gekleidet vor euch stehe, trage ich Trauer um den Vater, drei Brüder und drei Neffen. Daß ich, von der Kirche freigelassen, den Wunsch eines sterbenden Vaters, in Sohn und Enkel fortzuleben, nach ernster Erwägung" – hier verhüllte sich der Klang seiner Stimme – „und gewissenhafter Prüfung vor Gott nicht glaubte ungewährt lassen zu dürfen, dieses werdet ihr verschieden beurteilen, billigend oder tadelnd, nach der Gerechtigkeit oder Milde, die euch innewohnt. Darin aber werdet ihr einiggehen, daß es mir bei meiner Vergangenheit nicht angestanden hätte, zu zaudern und zu wählen, und daß hier nur das Nächstliegende und Ungesuchte Gott gefällig sein konnte. Wer aber stand mir näher, als die schon mit mir durch die trostlose Trauer um meinen letzten Bruder vereinigte jungfräuliche Witwe desselben? Dergestalt ergriff ich über einem teuern Sterbebette diese Hand, wie ich sie jetzt ergreife" – er trat zu Diana und führte sie in die Mitte – „und ihr den Trauring um den Finger lege." So tat er. Der Ring paßte. Diana tat dasselbe, indem sie dem Mönch einen goldenen Reif anlegte. „Es ist der meiner Mutter", sagte sie, „die ein wahrhaftes und tugendsames Weib war. Ich gebe dir einen Ring, der Treue gehalten hat." Ein feierlich gemurmelter

Glückwunsch aller Anwesenden beschloß die ernste Handlung, und der alte Pizzaguerra, ein würdiger Greis – denn der Geiz ist ein gesundes Laster und läßt zu Jahren kommen –, weinte die übliche Träne.

Madonna Olympia sah ihr Traumschloß auflodern und brennen mit sinkenden Säulen und krachenden Balken. Sie tat einen Schritt vorwärts, als wolle sie ihre Augen überführen, daß sie sich betrügen, dann einen zweiten in wachsender Wildheit, und jetzt stand sie dicht vor Astorre und Diana, die grauen Haare gesträubt, und ihre rasenden Worte rannten und stürzten, wie ein Volk in Aufruhr.

„Elender!“ schrie sie. „Gegen den Ring an dem Finger dieser da zeugt ein anderer und zuerst gegebener.“ Sie riß Antiope, welche ihr in wachsender Angst und mit den flehendsten Gebärden gefolgt war, hinter sich hervor und hob die Hand des Mädchens. „Den Ring hier hast du meinem Kinde vor nicht einer Stunde auf der Brücke bei dem Florentiner an den Finger gesteckt!“ So hatte ihr ein falscher Spiegel den Vorgang verschoben. „Ruchloser Mensch! Ehebrecherischer Mönch! Öffnet sich die Erde nicht, dich zu verschlingen? Hängt den Bruder Pförtner, der im Rausche schnarchte und dich deiner Zelle entspringen ließ! Deinen Lüsten wolltest du frönen, aber du durftest dir eine andere Beute wählen, als eine ungerecht verfolgte, ratlose Wittib und eine unbeschützte Waise!“

Die Marmordiele öffnete sich nicht, und in den Blicken der Umstehenden las die Unglückliche, die einem gerechten Mutterzorne arme und schwache Worte zu geben glaubte, den hellen Hohn oder ein Mitleid anderer Art, als sie es zu finden hoffte. Sie vernahm hinter sich das verständlich geflüsterte Wort: „Närrin!“, und ihr Zorn schlug in ein wahnsinniges Gelächter um. „Ei, seht mir einmal den Toren", hohnlachte sie, „der so dumm zwischen diesen beiden wählen konnte! Ich mache euch zu Richtern, Herrschaften, und jeden, der Augen hat. Hier das herzige Köpfchen, die schwellende Jugend" – das übrige vergaß ich, aber ich weiß eines: alle Jünglinge im Saale Vicedominis, und mehr als einer unter ihnen mochte locker leben, alle Jünglinge, die enthaltsamen und die es nicht waren, wendeten Ohr und Auge ab von den empörenden Worten und Gebärden einer Mutter, welche Zucht und Scham unter die Füße trat vor dem Kinde, das sie geboren, und dieses preisgab wie eine Kupplerin.

Alle im Saale bemitleideten Antiope. Nur Diana, so wenig sie an der Treue des Mönches zweifelte, empfand ich weiß nicht welchen dumpfen Groll über die ihrem Bräutigam frech gezeigte Schönheit.

Antiope mochte es verschuldet haben dadurch, daß sie den unseligen Reif am Finger behielt. Vielleicht tat sie es, um die sich selbst betörende Mutter nicht zu reizen, in dem Gedanken, diese werde, durch die Wirklichkeit enttäuscht, aus dem Hochmut, nach ihrer Art, in Kleinmut verfallen und alles mit einem Augenrollen und ein paar gemurmelten Worten vorübergehen. Oder dann hatte die junge Antiope selbst eine Fingerspitze in den sprudelnden Märchenbrunnen getaucht. War die Begegnung auf der Brücke nicht wunderbar, und wäre ihre Erkiesung durch den Mönch wunderbarer gewesen als das Schicksal, das ihn dem Kloster entriß?

Jetzt erlitt sie grausame Strafe. Soweit es eine zügellose Rede vermag, beraubte sie die eigene Mutter der schützenden Hüllen.

Eine dunkle Röte und eine noch dunklere fuhr ihr über Stirn und Nacken. Darauf begann sie in der allgemeinen Stille laut und bitterlich zu weinen.

Selbst die graue Mänade lauschte betroffen. Dann zuckte ihr ein entsetzlicher Schmerz über das Gesicht und verdoppelte ihre Wut. „Und die andere!“ kreischte sie, auf Diana zeigend, „dieses kaum aus dem Rohen gehauene breite Stück Marmor! Diese verpfuschte Riesin, die Gott Vater stümperte, als er noch Gesell war und kneten lernte! Pfui über den plumpen Leib ohne Leben und Seele! Wer hätte ihr auch eine gespendet? Die Bastardin, ihre Mutter? die stupide Orsola? Oder der dürre Knicker dort? Nur widerstrebend hat er ihr ein karges Almosen von Seele verabfolgt!“

Der alte Pizzaguerra blieb gelassen. Mit dem klaren Verstande der Geizigen vergaß er nicht, wen er vor sich hatte. Seine Tochter Diana aber vergaß es. Durch die rohe Verhöhnung ihres Leibes und ihrer Seele aufgebracht, tief empört, zog sie die Brauen zusammen und ballte die Hände. Jetzt geriet sie außer sich, da die Närrin ihre Eltern ins Spiel zog, ihr die Mutter im Grabe beschimpfte, den Vater an den Pranger stellte. Ein bleicher Jähzorn packte und übermannte sie.

„Hündin!“ schrie sie und schlug – in Antiopes Angesicht; denn das verzweifelnde und beherzte Mädchen hatte sich vor die Mutter geworfen. Antiope stieß einen Laut aus, der den Saal und alle Herzen erschütterte.

Nun drehte sich das Rad in dem Kopfe der Törin vollständig um. Die höchste Wut ging unter in unsäglichem Jammer. „Sie haben mir mein Kind geschlagen!“ stöhnte sie, sank auf die Knie und schluchzte: „Gibt es keinen Gott mehr im Himmel?“

Jetzt war das Maß voll. Es wäre schon früher

überlaufen, doch das Verhängnis schritt rascher, als mein Mund es erzählte, so rasch, daß weder der Mönch noch der nahestehende Germano den gehobenen Arm Dianas ergreifen und aufhalten konnten. Ascanio umschlang die Törin, ein anderer Jüngling faßte sie bei den Füßen, die sich kaum Sträubende wurde fortgetragen, in ihre Sänfte gehoben und nach Hause gebracht.

Noch stunden sich Diana und Antiope gegenüber, eine bleicher als die andere, Diana reuig und zerknirscht nach schnell verrauchtem Jähzorn, Antiope nach Worten ringend; sie konnte nur nicht stammeln, sie bewegte lautlos die Lippen.

Wenn jetzt der Mönch Antiopes Hand ergriff, um der von seinem verlobten Weibe Mißhandelten das Geleite zu geben, so erfüllte er damit nur die ritterliche und die gastwirtliche Pflicht. Alle fanden es selbstverständlich. Besonders Diana mußte wünschen, das Opfer ihrer Gewalttat aus den Augen zu verlieren. Auch sie entfernte sich dann mit Vater und Bruder. Die versammelten Gäste aber hielten es für das Zarteste, gleichfalls bis auf die letzte Ferse zu verschwinden.

Es klingelte unter dem mit Amarellen und Zyperwein bestellten Kredenztisch. Eine Narrenkappe kam zum Vorschein, und Gocciola kroch auf allen vieren aus seinem leckern Verstecke hervor. Alles war köstlich verlaufen nach seiner Ansicht; denn er hatte jetzt die volle Freiheit, Amarellen zu naschen und ein Gläschen um das andere zu leeren. So vergnügte er sich eine Weile, bis er nahende Schritte vernahm. Er wollte entwischen, aber einen verdrießlichen Blick nach dem Störer werfend, erachtete er jede Flucht für unnötig. Es war der Mönch, der zurückkehrte, und der Mönch war ebenso frohlockend und ebenso berauscht wie er; denn der Mönch –

„Liebte Antiope", unterbrach den Erzähler die Freundin des Fürsten mit einem krampfhaften Gelächter.

„Du sagst es, Herrin, er liebte Antiope", wiederholte Dante in tragischem Tone.

„Natürlich!" „Wie anders?" „Es mußte so kommen!" „So geht es gewöhnlich!" scholl es dem Erzähler aus dem ganzen Hörerkreise entgegen.

„Sachte, Jünglinge", murrte Dante. „Nein, so geht es nicht gewöhnlich. Meinet ihr denn, eine Liebe mit voller Hingabe des Lebens und der Seele sei etwas Alltägliches, und glaubet wohl gar, so geliebt zu haben oder zu lieben? Enttäuschet euch! Jeder spricht von Geistern, doch wenige haben sie gesehen. Ich will euch einen unverwerflichen Zeugen bringen. Es schleppt sich hier im Hause ein modisches Märenbuch herum. Darin mit vorsichtigen Fingern blätternd, habe ich unter vielem Wuste ein wahres Wort gefunden. ‚Liebe', heißt es an einer Stelle, ‚ist selten und nimmt meistens ein schlimmes Ende.'" Dieses hatte Dante ernst gesprochen. Dann spottete er: „Da ihr alle in der Liebe so ausgelernt und bewandert seid und es mir überdies nicht ansteht, einen von der Leidenschaft überwältigten Jüngling aus meinem zahnlosen Munde reden zu lassen, überspringe ich das verräterische Selbstgespräch des zurückkehrenden Astorre und sage kurz: da ihn der verständige Ascanio belauschte, erschrak er und predigte ihm Vernunft."

„Wirst du deine rührende Fabel so kläglich verstümmeln, mein Dante?" wendete sich die entzündliche Freundin des Fürsten mit bittenden Händen gegen den Florentiner. „Laß den Mönch reden, daß wir teilnehmend erfahren, wie er sich abwendete von einer Rohen zu einer Zarten, einer Kalten zu einer Fühlenden, von einem steinernen zu einem schlagenden Herzen –"

„Ja, Florentiner", unterbrach die Fürstin in tiefer Bewegung und mit dunkel glühender Wange, „laß deinen Mönch reden, daß wir staunend vernehmen, wie es kommen konnte, daß Astorre, so unerfahren und täuschbar er war, ein edles Weib verriet für eine Verschmitzte – hast du nicht gemerkt, Dante, daß Antiope eine Verschmitzte ist? Du kennst die Weiber wenig! In Wahrheit, ich sage dir" – sie hob den kräftigen Arm und ballte die Faust – „auch ich hätte geschlagen, nicht die arme Törin, sondern wissentlich die Arglistige, die sich um jeden Preis dem Mönch vor das Angesicht bringen wollte!" Und sie führte den Schlag in die Luft. Die andere erbebte leise.

Cangrande, welcher die zwei Frauen, denen er jetzt gegenüber saß, nicht aufhörte zu betrachten, bewunderte seine Fürstin und freute sich ihrer großen Leidenschaft. In diesem Augenblicke fand er sie unvergleichlich schöner als die kleinere und zarte Nebenbuhlerin, welche er ihr gegeben hatte, denn das Höchste und Tiefste der Empfindung erreicht seinen Ausdruck nur in einem starken Körper und in einer starken Seele.

Dante für sein Teil lächelte zum ersten und einzigen Mal an diesem Abende, da er die beiden Frauen so heftig auf der Schaukel seines Märchens sich wiegen sah. Er brachte es sogar zu einer Neckerei. „Herrinnen", sagte er, „was verlangt ihr von mir? Selbstgespräch ist unvernünftig. Hat je ein weiser Mann mit sich selbst gesprochen?"

Nun erhob sich aus dem Halbdunkel ein mutwilliger Lockenkopf, und ein Edelknabe, der hinter irgendeinem Sessel oder einer Schleppe in traulichem Verstecke mochte gekauert haben, rief herzhaft: „Großer Meister, wie wenig du dich kennst oder zu kennen vorgibst! Wisse, Dante, niemand plaudert geläufiger mit sich selbst als du, in dem Grade, daß du nicht nur uns dumme Buben übersiehst, sondern selbst das Schöne dicht an dir vorübergehen lässest, ohne es zu begrüßen."

„Wirklich?" sagte Dante. „Wo war das? Wo und wann?"

„Nun, gestern auf der Etschbrücke", lächelte der Knabe. „Du lehntest am Geländer. Da ging die reizende Lukrezia Nani vorüber, deine Toga streifend. Wir Knaben folgten, sie bewundernd, und ihr entgegen schritten zwei feurige Kriegsleute, nach einem Blicke aus ihren sanften Augen haschend. Sie aber suchte die deinigen: denn nicht jeder hat mit heiler Haut in der Hölle gelustwandelt! Du, Meister, betrachtetest eine rollende Welle, welche in der Mitte der Etsch daherfuhr, und murmeltest etwas."

„Ich ließ das Meer grüßen. Die Woge war schöner als das Mädchen. Doch zurück zu den zwei Toren! Horch, sie sprechen miteinander! Und bei allen Musen, fortan unterbreche mich keiner mehr, sonst findet uns Mitternacht noch am Märchenherde."

Als der Mönch, nachdem er Antiope heimgeführt, seinen Saal wieder betrat – doch ich vergaß zu sagen, daß er Ascanio nicht begegnete, obwohl dieser mit der Sänfte und Madonna Olympia darin denselben Weg gemacht hatte. Denn der Neffe, nachdem er die gänzlich Vernichtete ihrer Dienerschaft übergeben, war schleunig zu seinem Ohm, dem Tyrannen, geeilt, ihm den tollen Vorgang als frisches Gebäcke aufzutischen. Er hinterbrachte Ezzelin lieber eine Stadtgeschichte als eine Verschwörung.

Ich weiß nicht, ob der Mönch so wohlgestaltet war, wie der Spötter Ascanio ihn genannt hatte. Aber ich sehe ihn, der wie der blühendste Jüngling schreitet. Mit beflügelten Füßen durchschwebt er den Saal, als trüge ihn Zephir oder führte ihn Iris. Seine Augen sind voller Sonne, und er murmelt Laute aus der Sprache der Seligen. Gocciola, der viel Zyperwein geschluckt hatte, fühlte sich gleichfalls beherzt und verjüngt. Auch unter seinen Sohlen löste sich der Marmorboden in weißes Gewölk auf. Er verspürte einen unbesiegbaren Durst, das Gemurmel auf den frischen Lippen Astorres, wie man sich über eine Quelle beugt, zu belauschen, und begann neben demselben die Länge des Saales zu durchmessen, bald mit gespreizten, bald mit hüpfenden Schritten, das Narrenzepter unter dem Arme.

„Das zärtliche Haupt, das sich für den Vater bot, hat sich auch für die Mutter geboten und gegeben!" lispelte Astorre. „Das schamhafte! wie es brannte! Das mißhandelte! wie es litt! Das geschlagene! wie es aufschrie! Hat es mich je verlassen, seit es auf dem Blocke lag? Es wohnte in meinem Geiste. Es begleitete mich allgegenwärtig, schwebte in meinem Gebete, strahlte in meiner Zelle, bettete sich auf mein Kissen! Lag das herzige Haupt mit dem weißen, schmalen Hälschen nicht neben dem des heiligen Paulus –"

„Des heiligen Paulus?" kicherte das Tröpfchen.

„Des heiligen Paulus auf unserm Altarbilde –"

„Mit dem schwarzen Kraushaar und dem roten Hals auf dem breiten Blocke und dem Beile des

Henkers darüber?“ Gocciola verrichtete bei den Franziskanern zeitweilig seine Andacht.

Der Mönch nickte. „Sah ich lange hin, so zuckte das Beil, und ich bebte zusammen. Habe ich es nicht dem Prior gebeichtet?“

„Und was sagte der Prior?“ examinierte Gocciola.

„Mein Sohn“, sagte er, „was du sahest, war ein vorausgeeiltes Kind des himmlischen Triumphzuges. Fürchte nichts! Dem ambrosischen Hälschen geschieht kein Leid!“

„Aber“, reizte der böse Narr, „das Kind ist gewachsen, so hoch!“ Er hob die Hand. Dann senkte er sie und hielt sie über dem Boden. „Und die Kutte Euer Herrlichkeit“, grinste er, „liegt so tief!“

Das Gemeine konnte den Mönch nicht berühren. Ein schöpferisches Feuer war aus der Hand Antiopes in die seinige gefahren und begann zuerst zart und sanft, dann immer heißer und schärfer in seinen Adern zu brennen. „Gepriesen sei Gott Vater“, frohlockte er plötzlich, „der Mann und Weib geschaffen hat!“

„Die Eva?“ fragte der Narr.

„Die Antiope!“ antwortete der Mönch.

„Und die andere? Die große? Was fängst du mit der an? Schickst du sie betteln?“ Gocciola wischte sich die Augen.

„Welche andere?“ fragte der Mönch. „Gibt es ein Weib, das nicht Antiope wäre!“

Dies war selbst dem Narren zu stark. Er glotzte Astorre erschreckt an, wurde aber von einer Faust am Kragen gepackt, gegen die Pforte geschleppt und auf den Flur gesetzt. Dieselbe Hand legte sich dann auf Astorres Schulter.

„Erwache, Traumwandler!“ rief der zurückgekehrte Ascanio, welcher die letzte schwärmerische Rede des Mönches belauscht hatte. Er zog den Verzückten auf eine Fensterbank nieder, heftete fest Augen auf Augen, und: „Astorre, du bist von Sinnen!“ sprach er ihn an.

Dieser wich zuerst den prüfenden Blicken wie geblendet aus, dann begegnete er ihnen mit den seinigen, die noch voller Jubel waren, um sie scheu niederzuschlagen. „Wunderst du dich?“ sagte er dann.

„So wenig als über das Lodern einer Flamme“, versetzte Ascanio. „Aber da du kein blindes Element, sondern eine Vernunft und ein Wille bist, so tritt die Flamme aus, sonst frißt sie dich und ganz Padua. Muß dir das Weltkind göttliches und menschliches Gesetz predigen? Du bist vermählt! So redet dieser Ring an deinem Finger. Wenn du, wie erst dein Gelübde, jetzt dein Verlöbnis brichst, brichst du Sitte, Pflicht, Ehre und den Stadtfrieden. Wenn du dir den Pfeil des blinden Gottes nicht rasch und heldenmütig aus dem Herzen ziehst, ermordet er dich, Antiope und noch ein paar andere, wen es gerade treffen wird. Astorre! Astorre!“

Ascanios mutwillige Lippen erstaunten über die großen und ernsten Worte, welche er in seiner Herzensangst ihnen zu reden gab. „Dein Name, Astorre“, sagte er dann halb scherzend, „schmettert wie eine Tuba und ruft dich zum Kampfe gegen dich selbst!“

Astorre ermannte sich. „Man hat mir ein Philtrum gegeben!“ rief er aus. „Ich rase, ich bin ein Wahnsinniger! Ascanio, ich gebe dir Macht über mich, feßle mich!“

„An Dianen will ich dich fesseln!“ sagte Ascanio. „Folge mir, daß wir sie suchen!“

„War es nicht Diana, die Antiope schlug?“ fragte der Mönch.

„Das hast du geträumt! Du hast alles geträumt! Du warst deiner Sinne nicht mächtig! Komm! Ich beschwöre dich! Ich befehle es dir! Ich ergreife und führe dich!“

Wenn Ascanio die Wirklichkeit verjagen wollte, so führte sie der auf dem Flur klirrende Schritt Germanos zurück. Mit einem entschlossenen Gesichte trat der Bruder Dianens vor den Mönch und faßte seine Hand. „Ein gestörtes Fest, Schwager!“ sagte er. „Die Schwester schickt mich – ich lüge, sie schickt mich nicht. Denn sie hat sich in ihre Kammer eingeschlossen, und drinnen flennt sie und verflucht ihren Jähzorn – heute ersaufen wir in Weibertränen! Sie liebt dich, nur bringt sie es nicht über die Lippen – es ist in der Familie: ich kann es auch nicht. An dir hat sie keinen Augenblick gezweifelt. Es ist einfach: du hast irgendwo einen Ring verschleudert – wenn es der deinige war, den die kleine Canossa – wie heißt sie doch? richtig: die Antiope! – am Finger trug. Die närrische Mutter fand ihn und hat daraus ihr Märchen gesponnen. Antiope ist natürlich an alledem unschuldig wie ein neugeborenes Kind – wer es anders meint, hat es mit mir zu tun!“

„Nicht ich!“ rief Astorre. „Antiope ist rein wie der Himmel! Der Ring wurde von einem Zufall gerollt!“, und er erzählte mit fliegenden Worten.

„Aber auch der Schwester, die zufuhr, darfst du es nicht anrechnen, Astorre“, behauptete Germano. „Ihr schoß das Blut zu Kopfe, sie sah nicht, wen sie vor sich hatte. Sie glaubte die Närrin zu treffen, die ihr die Eltern verhunzte, und schlug die liebe Unschuld. Diese aber muß vor Gott und Menschen wieder zu Ehren und Würden gezogen werden. Laß das meine Sache sein, Schwager! Ich bin der Bruder. Es ist einfach."

„Du redest in einem fort und bleibst doch dunkel, Germano! Was hast du vor? Wie vergütest du es der Ärmsten?" fragte Ascanio.

„Es ist einfach", wiederholte Germano. „Ich biete Antiope Canossa meine Hand und mache sie zu meinem Weibe."

Ascanio griff sich an die Stirn. Der Streich betäubte ihn. Als er dann aber, schnell besonnen, näher zusah, fand er das heroische Mittel gar nicht so übel; doch warf er einen ängstlichen Blick auf den Mönch. Dieser, seiner selbst wieder mächtig, hielt sich mäuschenstille und horchte aufmerksam. Das Ehrgefühl des Kriegers scholl wie ein heller Ruf durch die Wildnis seiner Seele.

„So treffe ich zwei Fliegen mit einem Schlage, Schwager", erläuterte Germano. „Das Mädchen wird in ihren Züchten und Ehren hergestellt. Den möchte ich sehen, der hinter meinem Weibe zischelte! Dann stifte ich Frieden zwischen euch Eheleuten. Diana braucht sich nicht länger vor dir noch vor sich selbst zu schämen und ist von ihrem Jähzorne gründlich geheilt. Ich sage dir: sie ist davon genesen, zeitlebens!"

Astorre drückte ihm die Hand. „Du bist brav!" sagte er. Der Wille, seine himmlische oder irdische Lust tapfer zu überwinden, erstarkte in dem Mönche. Doch dieser Wille war nicht frei und diese Tugend nicht selbstlos; denn sie klammerte sich an einen gefährlichen Sophismus: nicht anders als ich selbst eine Ungeliebte umarmen werde, tröstete sich Astorre, wird auch Antiope von einem Manne sich umfangen lassen, welcher sie kurzerdinge freit, um fremdes Unrecht gutzumachen. Wir verzichten alle! Entsagung und Kasteiung in der Welt wie im Kloster!

„Was geschehen muß, verschiebe ich nicht", drängte Germano. „Sonst würde sie sich schlummerlos wälzen." Ich weiß nicht, meinte er Diana oder Antiope. „Schwager, du begleitest mich als Zeuge: ich tue es in den Formen."

„Nein, nein!" schrie Ascanio erschreckt. „Nicht Astorre! Nimm *mich!*"

Germano schüttelte den Kopf. „Ascanio, mein Freund", sagte er, „dazu eignest du dich nicht. Du bist kein ernsthafter Zeuge in Ehesachen! Auch wird mein Bruder Astorre es sich nicht nehmen lassen, für mich zu werben. Es ist ja zum großen Teil seine eigene Angelegenheit. Nicht wahr, Astorre?" Dieser nickte. „So bereite dich, Schwager. Mache dich hübsch! Hänge dir eine Kette um!"

„Und", scherzte Ascanio gezwungen, „wann du über den Hof gehst, tauche den Kopf in den Brunnen! Du selbst aber, Germano, trägst Panzer? So kriegerisch? Schickt sich das zur Freite?"

„Ich bin lange nicht aus der Rüstung gekommen, und sie kleidet mich. Was betrachtest du mich von Kopf zu Füßen, Ascanio?"

„Ich frage mich, woher dieser Gepanzerte seine Sicherheit nimmt, nicht mitsamt der Sturmleiter in den Graben geworfen zu werden?"

„Das kann nicht in Frage stehen", meinte Germano seelenruhig. „Wird sich eine Beschämte und Geschlagene einem Ritter verweigern? Da wäre sie eine noch größere Närrin als ihre Mutter. Das ist doch sonnenklar, Ascanio. Komm, Astorre."

Während der Zurückbleibende mit verschlungenen Armen diese neue Wendung der Dinge bedachte, zweifelnd, ob dieselbe auf einen Spielplatz blühender Kinder oder auf ein Camposanto führe, schritten seine Jugendfreunde den nicht langen Weg zu dem Palaste Canossa.

Der wolkenlose Tag verglomm in einem reinglühenden Abendgolde, und horch! es läutete Ave. Der Mönch sprach innerlich die Gewohnheitsgebete, und sein etwas erhöht liegendes Kloster verlängerte zufällig das vertraute Geläute um ein paar friedlich wehmütige Schläge, welchen die andern Stadtglokken den Luftraum nicht länger streitig machten. Auch der Mönch wurde des allgemeinen Friedens teilhaft.

Da traf sein Blick das Gesicht des Freundes und ruhte auf den wetterharten Zügen. Sie waren hell und freudig, von erfüllter Pflicht ohne Zweifel, aber doch auch von dem unbewußten oder unbewachten Glück, unter dem von Ehre geschwellten Segel einer ritterlichen Handlung den Port einer seligen Insel zu erreichen. „Die süße Unschuld!“ seufzte der Krieger.

Rasend schnell begriff der Mönch, daß der Bruder Dianens sich selbst täuschte, wenn er sich für uneigennützig hielt, daß Germano Antiope zu lieben begann und sein Nebenbuhler war. Seine Brust empfand einen scharfen Biß, dann einen zweiten noch schärfern, daß er hätte aufschreien mögen. Und jetzt wühlte und wimmelte schon ein ganzes Nest grimmiger Schlangen in seinem Busen. Herrschaften, Gott möge uns alle, Männer und Weiber, vor der Eifersucht behüten! Sie ist die qualvollste der Peinen, und wer sie leidet, ist unseliger als meine Verdammten!

Mit verzogenem Gesichte und gepreßtem Herzen folgte der Mönch dem selbstbewußten Freier die Treppen des erreichten Palastes hinauf. Dieser stand leer und verwahrlost. Madonna Olympia mochte sich eingeschlossen haben. Kein Gesinde, und alle Türen offen. Sie durchschritten unangemeldet eine Reihe schon dämmernder Gemächer: vor der Schwelle der letzten Kammer hielten sie stille, denn die junge Antiope saß am Fenster.

Sein in den Umriß eines Kleeblattes endigender Bogen war voller Abendglorie, welche die liebreizende Gestalt im Halbkreise von Brust zu Nacken umfing. Ihre gezauste Haarkrone ähnelte den Spitzen eines Dornenkranzes, und die schmachtenden Lippen schlürften den Himmel. Das geschlagene Mädchen lag müde unter dem Druck der erduldeten Schande, mit zugefallenen Augendeckeln und erschlafften Armen; aber in der Stille ihres Herzens frohlockte sie und pries ihre Schmach, denn diese hatte sie mit Astorre auf ewig vereinigt.

Und entzündet sich nicht heute noch und bis ans Ende der Tage aus tiefstem Erbarmen höchste Liebe? Wer widersteht dem Anblicke des Schönen, wenn es ungerecht leidet? Ich lästere nicht und kenne die Unterschiede, aber auch das Göttliche wurde geschlagen, und wir küssen seine Striemen und Wunden.

Antiope grübelte nicht, ob Astorre sie liebe. Sie wußte es. Da war kein Zweifel. Sie war davon überzeugter als von den Atemzügen ihrer Brust und den Schlägen ihres Herzens. Keine Silbe hatte sie mit Astorre gewechselt vom ersten Schritt des Weges an, den sie zusammen gingen. Die Hände hielten sich nicht fester beim letzten: sie verwuchsen, ohne sich zu drücken. Sie durchdrangen sich, wie zwei leichte geistige Flammen, und waren doch beim Scheiden wie die Wurzel aus der Erde kaum auseinander zu lösen.

Antiope vergriff sich an fremdem Eigentum und beging Raub an Dianen fast in Unschuld, denn sie hatte weder Gewissen mehr noch auch nur Selbstbewußtsein. Padua, das mit seinen Türmen vor ihr lag, die Mutter, des Mönches Verlöbnis, Diana, die ganze Erde, alles war vernichtet: nichts als der Abgrund des Himmels, und dieser gefüllt mit Licht und Liebe.

Astorre hatte von der ersten zur letzten Stufe der Treppe mit sich gerungen und meinte den Sieg erkämpft zu haben. Ich werde das Opfer vollbringen, prahlte er gegen sich selbst, und Germano bei seiner Werbung zur Seite stehen. Auf dem obersten Tritte rief er noch alle seine Heiligen an, voraus Sankt Franziskus, den Meister der Selbstüberwindung. Er griff in die Brust und glaubte, durch den himmlischen Beistand stark wie Herkules, die Schlangen erwürgt zu haben. Aber der Heilige mit den vier Wundmalen hatte sich abgewendet von dem untreuen Jünger, der seinen Strick und seine Kutte verschmähte.

Der danebenstehende Germano entwarf indessen seine Rede, konnte aber nicht über die zwei Argumente hinauskommen, welche ihm gleich anfänglich eingeleuchtet hatten. Übrigens war er guten Mutes – hatte er doch schon öfter im Reiterkampfe seine Germanen angeredet – und fürchtete sich nicht vor einem Mädchen. Nur das Warten ertrug er ebensowenig als vor der Schlacht. Er klirrte leis mit dem Schwert an den Panzer.

Antiope schrak zusammen, blickte hin, erhob sich rasch und stand, den Rücken gegen das Fenster gewendet, mit dunkelm Antlitz den sich im Dämmerlichte vor ihr verbeugenden Männern gegenüber.

„Sei getrost, Antiope Canossa!" redete Germano. „Ich bringe dir diesen mit, Astorre Vicedomini, welchen sie den Mönch nennen, den Gatten meiner Schwester Diana, als gültigen Zeugen: siehe, ich bin gekommen, dich – ohne Vater wie du bist und bei einer solchen Mutter – von dir selbst zum Weibe zu begehren. Meine Schwester hat sich gegen dich vergessen" – er sträubte sich, ein stärkeres Wort zu brauchen und damit Dianen, die er verehrte, preiszugeben – „und ich, der Bruder, bin da, gutzumachen, was die Schwester schlecht gemacht hat. Diana mit Astorre, du mit mir, so euch entgegenkommend, werdet ihr Weiber euch die Hände geben."

Das empfindliche Gemüt des lauschenden Mönches verwundete diese rohe Gleichstellung des Mißhandelns und des Leidens, der Schlagenden und der Geschlagenen – oder krümmte sich eine Natter? – „Germano, so wirbt man nicht!" raunte er dem Gepanzerten zu.

Dieser vernahm es, und da die dunkle Antiope mäuschenstille blieb, verstimmte er sich. Er fühlte, daß er weicher reden sollte, und redete barscher. „Ohne Vater und mit einer solchen Mutter", wiederholte er, „bedürfet Ihr einer männlichen Hut! Das konntet Ihr heute lernen, junge Herrin. Ihr werdet nicht zum andern Male vor ganz Padua beschämt und geschlagen werden wollen! Gebet Euch mir, wie Ihr seid, und ich schirme Euch vom Wirbel zur Zehe!" Germano dachte an seinen Panzer.

Astorre fand diese Werbung von empörender Härte: Germano, so schien ihm, behandelte Antiope wie seine Kriegsgefangene – oder zischte die Schlange? – „So wirbt man nicht, Germano!" keuchte er. Dieser wendete sich halb. „Wenn du es besser verstehst", sagte er mißmutig, „wirb du für mich, Schwager." Er trat raumgebend beiseite.

Da näherte sich Astorre, das Knie gebogen, hob die Hände mit sich einander berührenden Fingerspitzen, und seine bangen Blicke befragten das zarte Haupt auf dem blassen Goldgrunde. „Findet Liebe Worte?" stammelte er. Dämmerung und Schweigen.

Endlich lispelte Antiope: „Für wen wirbst du, Astorre?" „Für diesen hier, meinen Bruder Germano", preßte er hervor. Da barg sie das Antlitz mit den Händen.

Jetzt riß Germano die Geduld. „Ich werde deutsch mit ihr reden", brach er los und: „Kurz und gut, Antiope Canossa", ließ er das Mädchen rauh an, „wirst du mein Weib oder nicht?"

Antiope wiegte das kleine Haupt sanft und sachte, aber trotz der wachsenden Nacht mit deutlicher Verneinung.

„Ich habe meinen Korb", sprach Germano trokken. „Komm, Schwager!", und er verließ den Saal mit ebenso festen Schritten, als er ihn betreten hatte. Der Mönch aber folgte ihm nicht.

Astorre verharrte in seiner flehenden Stellung. Dann ergriff er, selbst zitternd, Antiopes zitternde Hände und löste sie von dem Antlitz. Welcher Mund den andern suchte, weiß ich nicht, denn die Kammer war völlig finster geworden.

Auch wurde es darin so stille, daß, wäre ihr Ohr nicht voll stürmischen Jubels und seliger Chöre gewesen, die Liebenden leicht in einem anstoßenden Gelasse gemurmelte Gebete hätten vernehmen können. Das verhielt sich so: neben Antiopes Kammer, einige Stufen tiefer, lag die Hauskapelle, und morgen jährte sich zum dritten Male der Tod des

Grafen Canossa. Nach überschrittener Mitternacht sollte in Gegenwart der Witwe und der Waise die Seelenmesse gelesen werden. Schon hatte sich der Priester eingestellt, den Ministranten erwartend.

Ebensowenig als das unterirdische Gemurmel vernahm das Paar die schlurfenden Pantoffeln der Madonna Olympia, welche die Tochter suchte und nun bei dem spärlichen Scheine der Hausleuchte, die sie in der Hand trug, die Liebenden still und aufmerksam betrachtete. Daß die frechste Lüge einer ausschweifenden Einbildungskraft vor ihren Augen in diesen zärtlich verschlungenen Gestalten zu Tat und Wahrheit wurde, darüber wunderte sich Madonna Olympia nicht; aber, es sei der Törin zum Lobe gesagt, ebensowenig kostete sie einen Genuß der Rache. Sie weidete sich nicht an dem der gewalttätigen Diana bevorstehenden bittern Leiden, sondern es überwog die einfache mütterliche Freude, ihr Kind zu seinem Preise gewertet, begehrt und geliebt zu sehen.

Da jetzt, von einem scharfen Strahl aus ihrer Leuchte getroffen, die beiden verwundert aufblickten, fragte sie mit einer weichen und natürlichen Stimme: „Astorre Vicedomini, liebst du die Antiope Canossa?“

„Über alles, Madonna!“ antwortete der Mönch.

„Und verteidigst sie?“

„Gegen eine Welt!“ rief Astorre verwegen.

„So ist es recht“, begütigte sie, „aber nicht wahr, du meinst es redlich? Du verstoßest sie nicht, wie Dianen? Du närrst mich nicht? Du machst eine arme Törin, wie sie mich nennen, nicht unglücklich? Du lässest mein Kindchen nicht wieder zu Schanden kommen? Du suchst keine Ausflüchte noch Aufschübe? Du gibst den Augen die Gewißheit und führst die Antiope gleich, als ein frommer Christ und wackerer Edelmann, zum Altar? Auch hast du nicht weit nach dem Pfaffen zu gehen. Hörst du es murmeln? Da unten kniet einer."

Und sie öffnete eine niedrige Tür, hinter welcher ein paar steile Stufen in das häusliche Heiligtum hinabführten. Astorre warf einen Blick: unter dem plumpen Gewölbe vor einem kleinen Altar bei dem ungewissen Licht einer Kerze betete ein Barfüßer, welcher ihm an Alter und Gestalt nicht unähnlich war und auch die Kutte und den Strick des heiligen Franziskus trug.

Ich glaube, daß dieser Barfüßer hier und gerade zu dieser Stunde durch göttliche Schickung knien und beten mußte, um Astorre zum letzten Male zu erschrecken und zu warnen. Doch in seinen lodernden Adern wurde die Arznei zum Gifte. Da er die Verkörperung seines Klosterlebens erblickte, kam ein trotziger Geist des Frevels und der Sicherheit über ihn. Mit gleichen Füßen habe ich über mein erstes Gelübde weggesetzt, lachte er, und siehe, die Schranke fiel unter meinem Sprunge – warum nicht über das zweite? Meine Heiligen haben mich unterliegen lassen! Vielleicht retten und beschützen sie den Sünder! Der Verwildernde bemächtigte sich Antiopes und trug sie, mehr als daß er sie führte, die Stufen hinunter; Madonna Olympia aber, die sich nach einem kurzen lichten Momente wieder verwirrte, schlug hinter dem Mönch und ihrem Kinde die schwere Türe zu, wie hinter einem gelungenen Fange, einer gehaschten Beute, und lauschte durch das Schlüsselloch.

Was sie sah, bleibt ungewiß. Nach der Meinung des Volkes hätte Astorre den Barfüßer mit gezogenem Schwerte bedroht und vergewaltigt. Das ist unmöglich, denn der Mann Astorre hat niemals den Leib mit einem Schwerte gegürtet. Der Wahrheit näher mag es kommen, daß der Barfüßer – traurig zu sagen – ein schlechter Mönch war und vielleicht derselbe Beutel unter seine Kutte wanderte, den Astorre zu sich gesteckt hatte, da er für Diana den Ehereif kaufen ging.

Daß aber anfänglich der Priester sich sperrte, daß die zwei Mönche miteinander rangen, daß das schwere Gewölbe eine häßliche Szene verbarg – solches lese ich in dem verzerrten und entsetzten Gesichte der Lauscherin. Donna Olympia verstand, daß da unten ein Frevel begangen werde, daß sie als die Anstifterin und Mitschuldige desselben der Strenge des Gesetzes und der Rache der Verratenen sich preisgebe, und da sich die Hinrichtung des Grafen, ihres Gemahls, jährte, glaubte sie auch *ihr* törichtes Haupt dem Beile unrettbar verfallen. Sie wähnte den nahenden Schritt Ezzelins zu vernehmen: da floh sie und schrie: „Hilfe! Mörder!“

Die Gequälte stürzte auf den Flur und an das in den engen innern Hof blickende Fenster. „Mein Maultier! Meine Sänfte!“ rief sie hinunter, und lachend über den doppelten Befehl – das Maultier war für das Land, die Sänfte für die Stadt –, erhob sich das Gesinde der Törin langsam und bequem aus einem Winkel, wo es bei einer Kürbislaterne trank und würfelte. Ein alter Stallmeister, welcher allein der unglücklichen Herrin Treue hielt, sattelte bekümmert zwei Maultiere und führte sie durch den Torweg auf den an der Gasse liegenden Vorplatz des Palastes: er hatte Donna Olympia schon auf mancher Irrefahrt begleitet. Die andern folgten witzereißend mit der Sänfte.

Auf der großen Treppe stieß die flüchtige Törin, welche der auch bei den Unseligen übermächtige Trieb der Selbsterhaltung ihr geliebtes Kind vergessen ließ, gegen den besorgten Ascanio, der, ohne Nachricht gelassen und von Unruhe getrieben, auf Kundschaft ausgegangen war.

„Was ist geschehen, Signora?“ fragte er eilig.

„Ein Unglück!“ krächzte sie wie ein auffliegender Rabe, rannte die Treppe hinab, saß auf ihrem Tiere, stachelte es mit rasender Ferse und verschwand im Dunkel.

Ascanio suchte durch die finstern Gemächer bis in die von der stehengebliebenen Ampel der Madonna Olympia erhellte Kammer Antiopes. Wie er sich darin umblickte, wurde die Tür der Hauskapelle geöffnet, und zwei schöne Gespenster entstiegen der Tiefe. Der Mutige begann zu zittern. „Astorre, du bist mit ihr vermählt!“ Der schallvolle Name dröhnte im Echo des Gewölbes wie die Tuba jenes Tages. „Und trägst Dianens Ring am Finger!“

Astorre riß ihn ab und schleuderte ihn.

Ascanio stürzte an das offene Fenster, durch welches der Ring gesprungen war. „Er ist in eine Spalte zwischen zwei Quadern geglitscht“, sprach es aus der Gasse herauf. Ascanio erblickte Turbane und Eisenkappen. Es waren die Leute des Vogtes, welche ihre nächtliche Runde begannen.

„Auf ein Wort, Abu Mohammed!“ rief er, rasch besonnen, einen weißbärtigen Greis, der höflich erwiderte: „Dein Wunsch ist mir Befehl!“ und mit zwei andern Sarazenen und einem Deutschen im Tore des Palastes verschwand.

Abu-Mohammed-al-Tabîb überwachte nicht nur die Sicherheit der Straße, sondern betrat auch das

Innerste der Häuser, um Reichsverräter – oder was der Vogt so benannte – zu verhaften. Kaiser Friedrich hatte ihn seinem Schwiegersohne, dem Tyrannen, gegeben, damit er diesem eine sarazenische Leibwache werbe, und an deren Spitze war er in Padua verblieben. Abu Mohammed war eine feine Erscheinung und hatte gewinnende Formen. Er nahm Anteil an dem Schmerze der Familie, deren Glied er in den Kerker oder zum Blocke führte, und tröstete die betrübte in seinem gebrochenen Italienisch mit Sprüchen arabischer Dichter. Ich vermute, daß er seinen Beinamen „al Tabîb", das ist der Arzt, wenn er auch einige chirurgische Kenntnisse und Griffe besitzen mochte, zuerst und voraus gewissen ärztlichen Manieren verdankte: ermutigenden Handgebärden, beruhigenden Worten, wie zum Beispiel: „Es tut nicht weh", oder: „Es geht vorüber", womit die Jünger Galens eine schmerzliche Operation einzuleiten pflegen. Kurz, Abu Mohammed behandelte das Tragische gelinde und war zur Zeit meiner Fabel trotz seines strengen und bittern Amtes in Padua keine verhaßte Persönlichkeit. Später, da der Tyrann eine Lust daran fand, menschliche Leiber zu martern, woran du nicht glauben kannst, Cangrande! verließ ihn Abu Mohammed und kehrte zu seinem gütigen Kaiser zurück.

Auf der Schwelle des Gemaches winkte Abu Mohammed seinen drei Begleitern stehenzubleiben. Der Deutsche, der die Fackel trug, ein trotzig blikkender Geselle, verharrte nicht lange. Er hatte heute zur Vesperstunde Germano nach dem Palaste Vicedomini begleitet und dieser ihm zugelacht: „Laß mich jetzt! Ich verlobe hier mein Schwesterchen Diana dem Mönche!" Der Germane kannte die Schwester seines Hauptmanns und hatte eine Art stiller Neigung zu ihr, ihres hohen Wuchses und ihrer redlichen Augen halber. Da er nun den Mönch, welchem er heute mittag zur Seite geritten, Hand in Hand mit einem kleinen und zierlichen Weibe sah, das ihm, neben dem großen Bilde Dianens, als eine Puppe erschien, witterte er Treubruch, schmiß erzürnt die lodernde Fackel auf den Steinboden, wo sie der eine der Sarazenen behutsam aufhob, und eilte davon, Germano den Verrat des Mönches zu melden.

Ascanio, der den Deutschen erriet, bat Abu Mohammed, ihn zurückzurufen. Dieser aber weigerte sich. „Er würde nicht gehorchen", sagte er sanft, „und mir zwei oder drei meiner Leute niederhauen. Mit welchem andern Dienste, Herr, bin ich dir gefällig? Verhafte ich diese blühenden Jugenden?"

„Astorre, sie wollen uns trennen!" schrie Antiope und suchte Schutz in den Armen des Mönches. Die am Altare Frevelnde hatte mit einer schuldlosen Seele auch die natürliche Beherztheit eingebüßt. Der Mönch, welchen seine Schuld vielmehr ermutigte und begeisterte, tat einen Schritt gegen den Sarazenen und riß ihm unversehens das Schwert aus der Scheide. „Vorsichtig, Knabe, du könntest dich schneiden", warnte dieser gutmütig.

„Laß dir sagen, Abu Mohammed", erklärte Ascanio, „dieser Rasende ist der Gespiele meiner Jugend und war lange Zeit der Mönch Astorre, den du sicherlich auf den Straßen Paduas gesehen hast. Der eigene Vater hat ihn um sein Klostergelübde geprellt und mit einem ungeliebten Weibe vermählt. Vor wenigen Stunden wechselte er mit ihr die Ringe, und jetzt, wie du ihn hier siehst, ist er der Gatte dieser andern."

„Verhängnis!“ urteilte der Sarazene mild.

„Und die Verratene“, fuhr Ascanio fort, „ist Diana Pizzaguerra, die Schwester Germanos! Du kennst ihn. Er glaubt und traut lange, sieht und greift er aber, daß er ein Getäuschter und Betrogener ist, so spritzt ihm das Blut in die Augen, und er tötet.“

„Nicht anders“, bestätigte Abu Mohammed. „Er ist von der Mutter her ein Deutscher, und diese sind Kinder der Treue!“

„Rate mir, Sarazene. Ich weiß nur *eine* Auskunft: vielleicht eine Rettung. Wir bringen die Sache vor den Vogt. Ezzelin mag richten. Inzwischen bewachen deine Leute den Mönch in seinem eigenen festen Hause. Ich eile zum Ohm. Diese aber bringst du, Abu Mohammed, zu der Markgräfin Cunizza, der Schwester des Vogts, der frommen und leutseligen Domina, die hier seit einigen Wochen Hof hält. Nimm die hübsche Sünderin! Ich anvertraue sie deinem weißen Barte.“ „Du darfst es“, versicherte Mohammed.

Antiope umklammerte den Mönch und schrie noch kläglicher als das erstemal: „Sie wollen mich von dir trennen! Laß mich nicht, Astorre! keine Stunde! keinen Augenblick! Oder ich sterbe!“ Der Mönch hob das Schwert.

Ascanio, der jede Gewalttat verabscheute, blickte den Sarazenen fragend an. Dieser betrachtete die sich umschlungen Haltenden mit väterlichen Augen. „Laß die Schatten sich umarmen!“ sagte er dann weichgestimmt, sei es, daß er ein Philosoph war und das Leben für Schein hielt, sei es, daß er sagen wollte: vielleicht verurteilt sie morgen Ezzelin zum Tode, gönne den verliebten Faltern die Stunde!

Ascanio zweifelte nicht an der Wirklichkeit der Dinge; desto zugänglicher war er dem zweiten Sinne des Spruches. Nicht allein als der Leichtfertige, der er war, sondern auch als ein Gütiger und Menschlicher zauderte er, die Liebenden auseinanderzureißen.

„Astorre", fragte er, „kennst du mich?"

„Du warst mein Freund", antwortete dieser.

„Und bin es noch. Du hast keinen treuern."

„O trenne mich nicht von ihr!" flehte jetzt der Mönch in einem so ergreifenden Tone, daß Ascanio nicht widerstand. „So bleibet zusammen", sagte er, „bis ihr vor das Gericht tretet." Er flüsterte mit Abu Mohammed.

Dieser näherte sich dem Mönche, entwand ihm sachte das Schwert, Finger um Finger von dem Griffe lösend, und ließ es in die Scheide an seiner Hüfte zurückfallen. Dann trat er ans Fenster, winkte seiner Schar, und die Sarazenen bemächtigten sich der auf dem Vorplatze stehengebliebenen Sänfte Madonna Olympias.

Durch eine enge finstere Gasse bewegte sich die schleunige Flucht: Antiope voran, von vier Sarazenen getragen, ihr zur Seite der Mönch und Ascanio, dann die Turbane. Abu Mohammed schloß den Zug.

Dieser eilte an einem kleinen Platz und einer erhellten Kirche vorüber. In die dunkle Fortsetzung der Gasse einmündend, stieß er in hartem Anprall mit einem ihm entgegenkommenden andern, von zahlreichem Volke begleiteten Zuge zusammen. Heftiges Gezänk erhob sich. „Raum der Sposina!" rief die Menge. Chorknaben brachten aus der Kirche lange Kerzen herbei, deren wehende Flämmchen sie mit vorgehaltener Hand schützten.

Der gelbe Schimmer zeigte eine geneigte Sänfte und eine umgestürzte Bahre. La Sposina war ein gestorbenes Bräutchen aus dem Volke, das zu Grabe getragen wurde. Die Tote regte sich nicht und ließ sich gelassen wieder auf ihre Bahre legen. Das versammelte Volk aber erblickte den Mönch, der die aus der Sänfte gesprungene Antiope schirmend umfing, und es wußte doch, daß der Mönch heute mit Diana Pizzaguerra sich vermählt hatte. Abu Mohammed schaffte Ordnung. Ohne weitern Unfall erreichte man den Palast.

Astorre und Antiope wurden von der Dienerschaft mit erstaunten und bestürzten Blicken empfangen. Sie verschwanden im Tore, ohne von Abu Mohammed und Ascanio Abschied genommen zu haben. Dieser wickelte sich in sein Kleid und begleitete noch einige Schritte weit den Sarazenen, welcher die Stadtburg, die er bewachen sollte, umging, ihre Tore zählend und mit dem Blicke die Höhe ihrer Mauern messend.

„Ein gefüllter Tag", sagte Ascanio.

„Eine selige Nacht", erwiderte der Sarazene, den sternbesäten Himmel betrachtend. Die ewigen Lichter, ob sie nun unsere Schicksale beherrschen oder nicht, wanderten nach ihren stillen Gesetzen, bis ein junger Tag, der jüngste und letzte Astorres und Antiopes, die göttliche Fackel schwang.

In einer Morgenstunde desselben lauschte der Tyrann mit seinem Neffen durch ein kleines Rundbogenfenster seines Stadtturmes auf den anliegenden Platz hinunter, den eine aufgeregte Menge füllte, murmelnd und tosend wie die wechselnde Meereswoge.

Die gestrige Begegnung der Sänfte mit der Bahre und der daraus entstandene Tumult hatte blitzschnell durch die ganze Stadt verlautet. Alle Köpfe beschäftigten sich wachend oder träumend mit nichts anderm mehr als mit dem Mönche und seiner Hochzeit: nicht nur dem Himmel habe der Ruchlose sein Gelübde gebrochen, sondern jetzt auch der Erde, seine Braut habe er verraten, seinen Reif verschleudert, in rasend raschem Wechsel mit einmal aufgeloderten Sinnen ein neues Weib gefreit, ein fünfzehnjähriges Mädchen, die Blüte des Lebens, und aus der zerrissenen Kutte sei ein gieriger Raubvogel aufgeflattert. Aber der gerechte Tyrann, der kein Ansehen der Person kenne, lasse das Haus, das den Verbrecher und die Verbrecherin verberge, von seinen Sarazenen bewachen; er werde heute, bald, jetzt die Missetat der zwei Vornehmen – denn die junge Sünderin Antiope sei eine Canossa – vor seinen Stuhl ziehen, der keuschen Diana ihr Recht schaffen und dem durch das schlechte Beispiel seines Adels beleidigten tugendhaften Volke die blutenden Köpfe der zwei Schuldigen durch das Fenster zuwerfen.

Der Tyrann ließ sich, während er einen beobachtenden Blick auf die gärende Masse warf, von Ascanio das Gestrige berichten. Die Verliebung rührte ihn nicht, nur der zugerollte Ring beschäftigte ihn einen Augenblick als eine neue Form des Schicksals. „Ich tadle“, sagte er, „daß du sie gestern nicht auseinandergerissen hast! Ich lobe, daß du sie bewachst! Die Vermählung mit Diana besteht zu Recht. Das mit dem Schwert erzwungene oder mit dem Beutel gekaufte Sakrament ist so nichtig als möglich. Der Pfaffe, der sich erschrecken oder bestechen ließ, verdient den Galgen, und wird er eingefangen, so baumelt er. Noch einmal: warum tratest du nicht zwischen den Unmündigen und das Kind? warum zerrtest du nicht einen Taumelnden

über. „Ach, wie schön ist sie!“ Der Tyrann und Ascanio konnten durch ihr Fenster den Auftritt bequem beobachten: Sarazenen auf schlanken Berbern, den Mönch Astorre und sein junges Weib, die von Maultieren getragen wurden, umringend. Die neue Vicedomini ritt verhüllt. Aber wie die tausend Fäuste des Volkes sich gegen den Mönch, ihren Gemahl, ballten, hatte sie sich leidenschaftlich vor ihn geworfen. Die liebende Gebärde zerriß den Schleier. Es war nicht der Reiz ihres Antlitzes allein noch die Jugend ihres Wuchses, sondern das volle Spiel der Seele, das gestaltete Gefühl, der Atem des Lebens, was die Menge entwaffnete und hinriß, wie gestern den Mönch, der jetzt als ein blühender Triumphator ohne die leiseste Furcht, denn er glaubte sich gefestet und gefeit, mit seiner warmen Beute einherzog.

Ezzelin betrachtete diesen Sieg der Schönheit fast verächtlich. Er wandte sein Auge teilnehmend gegen den zweiten Auftritt, welcher aus einer andern Gasse auf den Turmplatz mündete. Drei Vornehme, wie Astorre und Antiope zahlreich begleitet, suchten Bahn durch die Menge. In der Mitte ein schneeweißes Haupt: die würdige Erscheinung des alten Pizzaguerra. Ihm zur Linken Germano. Dieser hatte gestern schrecklich gezürnt, als ihm sein Deutscher die Kunde des Verrates brachte, und stürzte spornstreichs zur Rache, wurde aber von dem Sarazenen ereilt, welcher ihn, den Vater und die Schwester auf die nächste Frühstunde in den Turm und vor das Gericht des Vogtes lud. Er hatte darauf der Schwester den Frevel des Mönches, welchen er ihr lieber bis nach genommener Rache verheimlicht, offenbaren müssen und sich über ihre Fassung gewundert. Diana ritt zur Rechten des Vaters, keine andere als sonst, nur daß sie den breiten Nacken um einen schweren Gedanken tiefer als gestern trug.

Die Menge, welche die Gekränkte und ihr Recht Fordernde eine Minute früher mit zürnendem Jubel begrüßt hätte, begnügte sich jetzt, das Auge noch geblendet von dem Glanze Antiopes und den Verrat des Mönches begreifend und mitbegehend, der Gedrückten ein mitleidiges: „Arme! Ärmste! Immer Geopferte!“ zuzumurmeln.

Jetzt erschienen die fünfe vor dem Tyrannen, der in einem nackten Saale auf einem nur um zwei Stufen über dem Boden erhöhten Stuhle saß. Vor ihm standen Kläger und Verklagte sich gegenüber: hier die beiden Pizzaguerra und, ein wenig beiseite, die große Gestalt Dianas, dort, Hand in Hand verschlungen, der Mönch und Antiope, alle in Ehrfurcht, während Ascanio an dem hohen Sessel des Tyrannen lehnte, als wolle er seine Unparteilichkeit und die Mitte wahren zwischen zwei Jugendgespielen.

„Herrschaften“, begann Ezzelin, „ich werde euern Fall nicht als eine Staatssache, wo Treubruch Verrat, und Verrat Majestätsverbrechen ist, behandeln, sondern als eine läßliche Familienangelegenheit. In der Tat, die Pizzaguerra, die Vicedomini, die Canossa sind ebenso edeln Blutes als ich, nur daß die Erhabenheit des Kaisers mich zu ihrem Vogte in diesen ihren Ländern gemacht hat.“ Ezzelin neigte das Haupt bei der Nennung der höchsten Macht; er konnte es nicht entblößen, da er dasselbe, wenn er es nicht mit dem Streithelm bedeckte, überall, selbst in Wind und Wetter, nach antiker Weise bar trug. „So bilden die zwölf Geschlechter eine große Familie, zu der auch ich durch eine meiner Ahnfrauen gehöre. Aber wie sind wir zusammengeschmolzen durch unselige Verblendung und strafbare Auflehnung einiger unter uns gegen das höchste weltliche Amt! Wenn ihr mir glaubet, so sparen wir nach Kräften, was noch vorhanden ist. In diesem Sinne halte ich die Rache der Pizzaguerra gegen Astorre Vicedomini auf, obwohl ich sie ihrer Natur nach eine gerechte nenne. Seid ihr", er wendete sich gegen die drei Pizzaguerra, „mit meiner Milde nicht einverstanden, so höret und bedenket eines: ich, Ezzelino da Romano, bin der erste und darum der Hauptschuldige. Hätte ich mein Roß nicht an einem gewissen Tage und zu einer gewissen Stunde längs der Brenta jagen lassen, Diana wäre standesgemäß vermählt, und dieser hier murmelte sein Brevier. Hätte ich meine Deutschen nicht zur Musterung befohlen an einem gewissen Tage und zu einer gewissen Stunde, so hätte mein Germano den Mönch nicht unzeitig auf einen Gaul gesetzt und dieser der Frau, welche er jetzt an der Hand hält, den ihr von seinem bösen Dämon –"

„Von meinem guten!" frohlockte der Mönch.

„– von seinem Dämon zugerollten Brautring wieder vom Finger gezogen. Darum, Herrschaften, begünstigt mich, indem ihr mir die verwickelte Sache entwirren und schlichten helfet; denn bestündet ihr auf der Strenge, so müßte ich auch mich und mich zuerst verurteilen!"

Diese ungewöhnliche Rede brachte den alten Pizzaguerra keineswegs aus der Fassung, und als ihn der Tyrann ansprach: „Edler Herr, Euer ist die Klage", sagte er kurz und karg: „Herrlichkeit, Astorre Vicedomini verlobte sich öffentlich und ganz nach den Gebräuchen mit meinem Kinde Diana. Dann aber, ohne daß Diana sich gegen ihn vergangen hätte, brach er sein Verlöbnis. Unbegründet, ungesetzlich, kirchenschänderisch. Diese Tat wiegt schwer und verlangt, wo nicht Blut, welches deine Herrlichkeit nicht vergossen sehen will, eine schwere Sühne", und er machte die Gebärde eines Krämers, der Gewichtstein um Gewichtstein in eine Waagschale legt.

„Ohne daß Diana sich vergangen hätte?" wiederholte der Tyrann. „Mich dünkt, sie verging sich. Hatte sie nicht eine Wahnsinnige vor sich? Und Diana schilt und schlägt. Denn Diana ist jähzornig und unvernünftig, wenn sie sich in ihrem Rechte gekränkt glaubt."

Da nickte Diana und sprach: „Du sagst die Wahrheit, Ezzelin."

„Das ist es auch", fuhr der Tyrann fort, „warum Astorre sein Herz von ihr abgekehrt hat: er erblickte eine Barbarin."

„Nein, Herr", widersprach der Mönch, die Verratene von neuem beleidigend, „ich habe Diana nicht angeschaut, sondern das süße Antlitz, das den Schlag empfing, und mein Eingeweide erbarmte sich."

Der Tyrann zuckte die Achseln. „Du siehst, Pizzaguerra", lächelte er, „der Mönch gleicht einem sittsamen Mädchen, das zum erstenmal einen starken Wein geschlürft hat und sich danach gebärdet. Wir aber sind alte nüchterne Leute. Sehen wir zu, wie die Sache sich austragen läßt."

Pizzaguerra erwiderte: „Viel, Ezzelin, täte ich dir zu Gefallen wegen deiner Verdienste um Padua. Doch läßt sich beleidigte Hausehre sühnen anders als mit gezogenem Schwerte?" So redete der Vater Dianens und machte mit dem Arm eine edle Bewegung, welche aber in eine Gebärde ausartete, die einer geöffneten, wo nicht hingehaltenen Hand zum Verwechseln ähnlich sah.

„Biete, Astorre!“ sagte der Vogt mit dem Doppelsinne: Biete die Hand! oder: Biete Geld und Gut!

„Herr“, wendete sich jetzt der Mönch offen und edel gegen den Tyrannen, „wenn du einen Haltlosen, ja einen Sinnberaubten in mir erblickst, ich zürne dir es nicht, denn ein starker Gott, den ich leugnete, weil ich sein Dasein nicht ahnen konnte, hat sich an mir gerächt und mich überwältigt. Noch jetzt treibt er mich wie ein Sturm und jagt mir den Mantel über den Kopf. Muß ich mein Glück – bettelhaftes Wort! armselige Sprache! – muß ich das Höchste des Lebens mit dem Leben bezahlen: ich begreife es und finde den Preis niedrig gestellt! Darf ich aber leben und mit dieser leben, so markte ich nicht.“ Er lächelte selig. „Nimm meine Habe, Pizzaguerra!“

„Herrschaften“, verfügte der Tyrann, „ich bevormunde diesen verschwenderischen Jüngling. Unterhandeln *wir* zusammen, Pizzaguerra. Du hörtest es: ich habe weite Vollmacht. Was denkst du von den Bergwerken der Vicedomini?“

Der ehrbare Greis schwieg, aber seine nahe zusammenliegenden Augen glitzerten wie zwei Diamanten.

„Nimm meine Perlfischereien dazu!“ rief Astorre, doch Ascanio, der die Stufen heruntergeglitten kam, verschloß ihm den Mund.

„Edler Pizzaguerra“, versuchte jetzt Ezzelin den Alten, „nimm die Bergwerke! Ich weiß, die Ehre deines Hauses geht dir über alles und steht um keinen Preis feil, aber ich weiß ebenfalls, du bist ein guter Paduaner und tust dem Stadtfrieden etwas zuliebe!“

Der Alte schwieg hartnäckig.

„Nimm die Minen", wiederholte Ezzelin, der das Wortspiel liebte, „und gib die Minne!"

„Die Bergwerke und die Fischereien?" fragte der Alte, als wäre er schwerhörig.

„Die Bergwerke, sagte ich, und damit gut. Sie ertragen viele tausende Pfunde. Würdest du mehr fordern, Pizzaguerra, so hätte ich mich in deiner Gesinnung betrogen und du setztest dich dem häßlichen Verdachte aus, um Ehre zu feilschen."

Da der Geizhals den Tyrannen fürchtete und nicht mehr erlangen konnte, verschluckte er seinen Verdruß und bot dem Mönche die trockene Hand. „Ein schriftliches Wort, Lebens und Sterbens halber", sagte er dann, zog Stift und Rechenbüchlein aus der Gürteltasche, entwarf mit zitternden Fingern die Urkunde „coram domino Azzolino" und ließ den Mönch unterzeichnen. Hierauf verbeugte er sich vor dem Vogt und bat, ihn zu entschuldigen, wenn er, obwohl einer aus den Zwölfen, Altersschwäche halber der Hochzeit des Mönches nicht beiwohne.

Germano hatte, seine Wut verbeißend, neben dem Vater gestanden. Jetzt löste er den einen seiner Eisenhandschuhe. Er schleuderte ihn dem Mönch ins Gesicht, hätte ihm nicht eine Machtgebärde des Tyrannen Halt geboten.

„Sohn, willst du den öffentlichen Frieden brechen?" mahnte jetzt auch der alte Pizzaguerra. „Mein gegebenes Wort enthält und verbürgt auch das deinige. Gehorche! Bei meinem Fluche! Bei deiner Enterbung!" drohte er.

Germano lachte. „Kümmert Euch um Eure schmutzigen Händel, Vater!" warf er verächtlich hin. „Doch auch du, Ezzelin, Herr von Padua, darfst es mir nicht verwehren! Es ist Mannesrecht und Privatsache. Verweigere ich dem Kaiser und dir, seinem Vogte, den Gehorsam, so enthaupte mich; aber du hinderst mich nicht, gerecht wie du bist, diesen Mönch zu erwürgen, der meine Schwester geäfft und mich beheuchelt hat. Wäre Untreue straflos, wer möchte leben? Es ist des Platzes auf der Erde zu wenig für den Mönch und mich. Das wird er selbst begreifen, wann er wieder zu Sinnen kommt."

„Germano", gebot Ezzelin, „ich bin dein Kriegsherr. Morgen vielleicht ruft die Tuba. Du bist nicht dein eigen, du gehörst dem Reich!"

Germano erwiderte nichts. Er befestigte den Handschuh. „Vorzeiten", sagte er dann, „unter den blinden Heiden gab es eine Gottheit, welche gebrochene Treue rächte. Das wird sich mit dem Glokkengeläute nicht geändert haben. Ihr befehle ich meine Sache!" Rasch erhob er die Hand.

„So steht es gut", lächelte Ezzelin. „Heute abend wird im Palaste Vicedomini Hochzeit mit Masken gefeiert, ganz wie gebräuchlich. *Ich* gebe das Fest und lade euch ein, Germano und Diana. Ungepanzert, Germano! Mit kurzem Schwerte!"

„Grausamer!" stöhnte der Krieger. „Kommt, Vater! Wie möget Ihr länger das Schauspiel unserer Schande geben?" Er riß den Alten mit sich fort.

„Und du, Diana?" fragte Ezzelin, da er vor seinem Stuhle nur noch diese und die Neuvermählten sah. „Begleitest du nicht Vater und Bruder?"

„Wenn du es gestattest, Herr", sagte sie, „habe ich ein Wort mit der Vicedomini zu reden." An dem Mönche vorüber blickte sie fest auf Antiope.

Diese, deren Hand Astorre nicht losgab, hatte an dem Gerichte des Tyrannen einen leidenden, aber tief erregten Anteil genommen. Bald errötete das liebende Weib. Bald entfärbte sich eine Schuldige, die unter dem Lächeln und der Gnade Ezzelins sein wahres und ein sie verdammendes Urteil entdeckte. Bald jubelte ein der Strafe entwischtes Kind. Bald regte sich das erste Selbstgefühl der jungen Herrin, der neuen Vicedomini. Jetzt, von Diana ins Gesicht angeredet, warf sie ihr scheue und feindselige Blicke entgegen.

Diese ließ sich nicht beirren. „Schau her, Antiope!“ sagte sie. „Hier mein Finger“ – sie streckte ihn – „trägt den Ring deines Gatten. Den darfst du nicht vergessen. Ich bin nicht abergläubischer als andere, aber an deiner Stelle wäre mir schlimm zumute! Schwer hast du dich an mir versündigt, doch ich will gut und milde sein. Heute abend feierst du Hochzeit mit Masken nach den Gebräuchen. Ich werde dir erscheinen. Komme reuig und demütig und ziehe mir den Ring vom Finger!“

Antiope stieß einen Schrei der Angst aus und klammerte sich an ihren Gatten. Dann, in seinen Armen geborgen, redete sie stürmisch: „Ich soll mich erniedrigen? Was befiehlst du, Astorre? Meine Ehre ist deine Ehre! Ich bin nichts mehr als dein Eigentum, dein Herzklopfen, dein Atemzug und deine Seele. Wenn du willst und du gebietest, dann!“

Astorre sprach, sein Weib zärtlich beruhigend, gegen Diana: „Sie wird es tun. Möge dich ihre Demut versöhnen! und die meinige! Sei mein Gast heute nacht und bleibe meinem Hause günstig!“ Er wendete sich zu Ezzelin, dankte ihm ehrerbietig für Gericht und Gnade, verneigte sich und entführte sein Weib. Auf der Schwelle aber wandte er sich noch fragend gegen Diana: „Und in welcher

Tracht wirst du bei uns erscheinen, daß wir dich kennen und dir Ehre bezeigen?“

Diese lächelte verächtlich. Wieder wendete sie sich gegen Antiope. „Kommen werde ich als die, welche ich mich nenne und welche ich bin: die Unberührte, die Jungfräuliche!“ sagte sie stolz. Dann wiederholte sie: „Antiope, denke daran: reuig und demütig!“

„Du meinst es ehrlich, Diana? Du führst nichts im Schilde?“ zweifelte der Tyrann, da ihm jetzt die Pizzaguerra allein gegenüberstand.

„Nichts“, erwiderte sie, jede Beteurung verschmähend.

„Und was wird aus dir, Diana?“ fragte er.

„Ezzelin“, antwortete sie bitter, „vor diesem deinem Richtstuhle hat mein Vater die Ehre und Rache seines Kindes um ein paar Erzklumpen verschachert. Ich bin nicht wert, daß mich die Sonne bescheine. Für solche ist die Zelle!“ Und sie verließ den Saal.

„Allervortrefflichster Ohm!“ jubelte Ascanio. „Du vermählst das seligste Paar in Padua und machst aus einer gefährlichen Geschichte ein reizendes Märchen, womit ich einst, als ein ehrwürdiger Greis, meine Enkel und Enkelinnen am Herdfeuer ergötzen werde!“

„Idyllischer Neffe!“ spottete der Tyrann. Er trat ans Fenster und blickte auf den Platz hinunter, wo die Menge noch in fieberhafter Neugierde standhielt. Ezzelin hatte Befehl gegeben, die vor ihn Beschiedenen durch eine Hinterpforte zu entlassen.

„Paduaner!“ redete er jetzt mit gewaltiger Stimme, und Tausende schwiegen wie eine Einöde. „Ich habe den Handel untersucht. Er war verwikkelt und die Schuld geteilt. Ich vergab, denn ich bin zur Milde geneigt jedesmal, wo die Majestät des Reiches nicht berührt wird. Heute abend halten Hochzeit mit Masken Astorre Vicedomini und Antiope Canossa. Ich, Ezzelin, gebe das Fest und lade euch alle. Lasset es euch schmecken, ich bin der Wirt! Euch gehören Schenke und Gasse! Den Palast Vicedomini aber betrete noch gefährde mir keiner, sonst, bei meiner Hand! – und jetzt kehre ruhig jeder in das Seinige, wenn ihr mich liebhabet!“

Ein unbestimmtes Gemurmel drang empor. Es verrieselte und verrann.

„Wie sie dich lieben!“ scherzte Ascanio.

Dante schöpfte Atem. Dann endigte er in raschen Sätzen.

Nachdem der Tyrann sein Gericht gehalten hatte, verritt er um Mittag nach einem seiner Kastelle, wo er baute. Er begehrte rechtzeitig nach Padua zurückzukehren, um die vor Diana sich demütigende Antiope zu betrachten.

Aber gegen Voraussicht und Willen wurde er auf der mehrere Miglien von der Stadt entfernten Burg festgehalten. Dorthin kam ihm ein staubbedeckter Sarazene nachgesprengt und überreichte ihm ein eigenhändiges Schreiben des Kaisers, das umgehende Antwort verlangte. Die Sache war von Bedeutung. Ezzelin hatte vor kurzem eine kaiserliche Burg im Ferraresischen, in deren Befehlshaber, einem Sizilianer, sein Scharfblick den Verräter argwöhnte, nächtlicherweile überfallen, eingenommen und den zweideutigen kaiserlichen Burgvogt in Fesseln gelegt. Nun verlangt der Staufe Rechenschaft über diesen klugen, aber verwegenen Eingriff in seinen Machtkreis. Die arbeitende Stirn in die

Linke gelegt, ließ Ezzelin die Rechte über das Pergament gleiten, und sein Stift zog ihn vom ersten zum zweiten und vom zweiten zu einem dritten. Gründlich unterhielt er sich mit dem erlauchten Schwiegervater über die Möglichkeiten und Ziele eines bevorstehenden oder wenigstens geplanten Feldzuges. So verschwand ihm Stunde und Zeitmaß. Erst als er sich wieder zu Pferde warf, erkannte er aus dem ihm vertrauten Wandel der Gestirne – sie blitzten in voller Klarheit –, daß er Padua kaum vor Mitternacht erreichen werde. Sein Gefolge weit hinter sich lassend, schnell wie ein Gespenst, flog er über die nächtige Ebene. Doch er wählte seinen Weg und umritt vorsichtig einen wenig tiefen Graben, über welchen der kühne Reiter an einem andern Tage spielend gesetzt hätte: er verhinderte das Schicksal, seine Fahrt zu bedrohen und seinen Hengst zu stürzen. Wieder verschlang er auf gestrecktem Renner den Raum, aber Paduas Lichter wollten noch nicht schimmern.

Dort, vor der breiten Stadtfeste der Vicedomini, während sie sich in rasch wachsender Dämmerung schwärzte, hatte sich das trunkene Volk versammelt. Zügellose wechselten mit possierlichen Szenen auf dem nicht großen Platze. In der gedrängten Menge gor eine wilde, zornige Lust, ein bacchantischer Taumel, welchem die ausgelassene Jugend der Hochschule ein Element des Spottes und Witzes beimischte.

Jetzt ließ sich eine schleppende Kantilene vernehmen, in der Art einer Litanei, wie unsere Landleute zu singen pflegen. Es war ein Zug Bauern, alt und jung, aus einem der zahlreichen Dörfer im Besitze der Vicedomini. Dieses arme Volk, welches in seiner Abgelegenheit nichts von der Verweltlichung des Mönches, sondern nur in unbestimmten Umrissen die Vermählung des Erben erfahren, hatte sich vor Tagesanbruch mit den üblichen Hochzeitsgeschenken aufgemacht und erreichte nun sein Ziel nach einer langen Wallfahrt im Staube der Landstraße. Es hielt und duckte sich zusammen, langsam über den wogenden Platz vorrückend, hier ein lokkiger Knabe, fast noch ein Kind, mit einer goldenen Honigwabe, dort eine scheue, stolze Dirne, ein blökendes bebändertes Lämmchen in den sorglichen Armen. Alle verlangten sie sehnlich nach dem Angesichte ihres neuen Herrn.

Nun verschwanden sie nach und nach in der Wölbung des Tores, wo rechts und links die angezündeten Fackeln in den Eisenringen loderten, mit der letzten Tageshelle streitend. Im Torwege befahl Ascanio, als Ordner des Festes, er, der sonst so freundliche, mit einer schreienden und gereizten Stimme.

Von Stunde zu Stunde wuchs der Frevelmut des Volkes, und als endlich die vornehmen Masken anlangten, wurden sie gestoßen, dem Gesinde die Fakkeln entrissen und auf den Steinplatten ausgetreten, die Edelweiber von ihren männlichen Begleitern abgedrängt und lüstern gehänselt, ungerächt von dem Schwertstiche, der an gewöhnlichen Abenden die Frechheit sofort gestraft hätte.

Dergestalt kämpfte unweit des Palasttores ein hohes Weib in der Tracht einer Diana mit einem immer enger sich schließenden Ringe von Klerikern und Schülern niedersten Ranges. Ein hagerer Mensch ließ seine mythologischen Kenntnisse glänzen. „Nicht Diana bist du“, näselte er verbuhlt, „du bist eine andere! Ich erkenne dich. Hier sitzt dein Täubchen!“, und er zeigte auf den silbernen Halbmond über der Stirne der Göttin. Diese aber schmeichelte nicht wie Aphrodite, sondern zürnte wie Artemis. „Weg, Schweine!“ schalt sie. „Ich bin eine reinliche Göttin und verabscheue die Kleriker!“ „Gurr, gurr!“ girrte die Hopfenstange und tastete mit den Knochenhänden, stieß aber auf der Stelle einen durchdringenden Schrei aus. Wimmernd hob der Elende die Hand und zeigte seinen Schaden. Sie war durch und durch gestochen und überquoll von Blut: das ergrimmte Mädchen hatte hinter sich in den Köcher gelangt – den entwendeten Jagdköcher ihres Bruders – und mit einem der scharf geschliffenen Pfeile die ekle Hand gezüchtigt.

Schon wurde der rasche Auftritt von einem andern ebenso grausamen, wenn auch unblutigen verdrängt. Eine alle erdenklichen Widersprüche und schneidenden Mißtöne durcheinanderwerfende Musik, die einem rasenden Zanke der Verdammten in der Hölle glich, brach sich Bahn durch die betäubte und ergötzte Menge. Das niederste und schlimmste Volk – Beutelschneider, Kuppler, Dirnen, Betteljungen – blies, kratzte, paukte, pfiff, quiekte, meckerte und grunzte vor und hinter einem abenteuerlichen Paare. Ein großes, verwildertes Weib von zerstörter Schönheit ging Arm in Arm mit einem trunkenen Mönche in zerfetzter Kutte. Dieses war der Klosterbruder Serapion, der, von dem Beispiele Astorres aufgestachelt, nächtlicherweile aus der Zelle entsprungen war und sich seit einer Woche im Schlamm der Gasse wälzte. Vor einem aus der finstern Palastmauer vorspringenden erhellten Erker machte die Horde halt, und mit einer gellenden Stimme und der Gebärde eines öffentlichen Ausrufers schrie das Weib: „Kund und zu wissen, Herrschaften: Über ein kurzes schlummert der Mönch Astorre neben seiner Gattin Antiope." Ein unbändiges Gelächter begleitete diese Verkündigung.

Jetzt nickte aus dem schmalen Bogenfenster des Erkers die läutende Schellenkappe Gocciolas, und ein melancholisches Gesicht zeigte sich der Gasse.

„Gutes Weib, sei stille!" klagte der Narr weinerlich auf den Platz hinunter. „Du verletzest meine Erziehung und beleidigst mein Schamgefühl!"

„Guter Narr", antwortete die Schamlose, „stoße dich nicht daran! Was die Vornehmen begehen, dem geben wir den Namen. Wir setzen die Titel auf die Büchsen der Apotheke!"

„Bei meinen Todsünden", jubelte Serapion, „das tun wir! Bis Mitternacht soll die Hochzeit meines Brüderchens auf allen Plätzen Paduas ausgeschellt und hell verkündigt werden. Vorwärts, marsch. Hopsasa!", und er hob das nackte Bein mit der Sandale aus den hangenden Lumpen der besudelten Kutte.

Dieser von der Menge wütend beklatschte Schwank verscholl an den steilen Mauern der nächtigen Burg, deren Fenster und Gemächer zum großen Teil gegen die innern Hofräume gingen.

In einem stillen, geschützten Gemache wurde Antiope von ihren Zofen, Sotte und einer andern, gekleidet und geschmückt, während Astorre den nicht enden wollenden Schwarm der Gäste oben an den Treppen empfing. Sie schaute in ihre eigenen bangen Augen, die ihr aus einem Silberspiegel begegneten, welchen die Unterzofe mit einem neidischen Gesicht in nackten frechen Armen hielt.

„Sotte", flüsterte das junge Weib zu der Dienerin, die ihr die Haare flocht, „du ähnelst mir und hast meinen Wuchs: wechsle mit mir die Kleider, wenn du mich liebhast! Gehe hin und ziehe ihr den Ring vom Finger! Reuig und demütig! Verbeuge dich mit gekreuzten Armen vor der Pizzaguerra, wie die letzte Sklavin! Falle auf die Knie! Wälze dich am Boden! Wirf dich ganz weg! Nur nimm ihr den Ring! Ich lohne fürstlich!", und da sie Sotte zaudern sah: „Nimm und behalte alles, was ich Köstliches trage!" flehte die Herrin, und dieser Versuchung widerstand die eitle Sotte nicht.

Astorre, welcher der Pflicht des Wirtes einen Augenblick entwendete, um sein Liebstes zu besuchen, fand im Gemache zwei sich umkleidende Frauen. Er erriet. „Nein, Antiope!" verbot er. „So darfst du nicht durchschlüpfen. Es muß Wort gehalten werden! Ich verlange es von deiner Liebe. Ich befehle es dir!" Indem er diesen strengen Spruch mit einem Kuß auf den geliebten Nacken zu einem Koseworte machte, wurde er weggerissen von dem herbeieilenden Ascanio, welcher ihm vorstellte, seine Bauern wünschen ihm ihre Gaben ohne Verzug zu überreichen, um in der Kühle der Nacht den Heimweg anzutreten. Da sich Antiope wendete, um den Gatten wiederzuküssen, küßte sie die Luft.

Jetzt ließ sie sich rasch fertig kleiden. Selbst die leichtfertige Sotte erschrak vor der Blässe des Angesichtes im Spiegel. Nichts lebte darin als die Angst der Augen und der Schimmer der zusammengepreßten Zähnchen. Ein roter Streif, der Schlag Dianens, wurde auf der weißen Stirne sichtbar.

Nach beendigtem Putze erhob sich das Weib Astorres mit klopfenden Pulsen und hämmernden Schläfen, verließ die sichere Kammer und durcheilte die Säle, Dianen suchend. Sie wurde gejagt von dem Mute der Furcht. Sie wollte jubelnd mit dem zurückeroberten Ringe ihrem Gatten entgegeneilen, dem sie den Anblick ihrer Buße erspart hätte.

Bald unterschied sie aus den Masken die hochgewachsene Göttin der Jagd, erkannte in ihr die Feindin und folgte, bebend und zornige Worte murmelnd, der gemessen Schreitenden, welche den Hauptsaal verließ und sich gnädig in eines der schwachbeleuchteten und nur halb so hohen Nebengemächer verlor. Die Göttin schien nicht öffentliche Demütigung, sondern Demut des Herzens zu verlangen.

Jetzt neigte sich im Halbdunkel Antiope vor Diana. „Gib mir den Ring!" preßte sie hervor und tastete an dem kräftigen Finger.

„Demütig und reuig?" fragte Diana.

„Wie anders, Herrin?" fieberte die Unselige. „Aber du treibst dein Spiel mit mir, Grausame! Du biegst deinen Finger, jetzt krümmst du ihn!"

„Ob Antiope es sich einbildete? Ob Diana wirklich dieses Spiel trieb? Wie wenig ist ein gekrümmter Finger! Cangrande, du hast mich der Ungerechtigkeit bezichtigt. Ich entscheide nicht."

Genug, die Vicedomini hob den geschmeidigen Leib und rief, die flammenden Augen auf die strengen der Pizzaguerra gerichtet: „Neckst du eine Frau, Mädchen?" Dann bog sie sich wieder und suchte mit beiden Händen dem Finger den Ring zu entreißen – da durchfuhr sie ein Blitz. Ihr die linke Hand überlassend, hatte die strafende Diana mit der Rechten einen Pfeil aus dem Köcher gezogen und Antiope getötet. Diese sank zuerst auf die linke, dann auf die rechte Hand, drehte sich und lag, den Pfeil im Genick, auf die Seite gewendet.

Der Mönch, der nach Verabschiedung seiner ländlichen Gäste zurückgeeilt kam und sehnlich sein Weib suchte, fand eine Entseelte. Mit einem erstickten Schrei warf er sich neben sie nieder und zog ihr den Pfeil aus dem Halse. Ein Blutstrahl folgte. Astorre verlor die Besinnung.

Als er aus seiner Ohnmacht erwachte, stand Germano vor ihm mit gekreuzten Armen. „Bist du der Mörder?" fragte der Mönch.

„Ich morde keine Weiber", antwortete der andere traurig. „Es ist meine Schwester, die ihr Recht gesucht hat."

Astorre tastete nach dem Pfeile und fand ihn. Aufgesprungen in einem Satze und das lange Geschoß mit der blutigen Spitze wie eine Klinge handhabend, fiel er in blinder Wut den Jugendgespielen an. Der Krieger schauderte leicht vor dem schwarzgekleideten fahlen Gespenste mit den gesträubten Haaren und dem Pfeil in der Faust.

Er wich um einen Schritt. Das kurze Schwert ziehend, welches der Ungepanzerte heute trug, und den Pfeil damit festhaltend, sagte er mitleidig: „Geh in dein Kloster zurück, Astorre, das du nie hättest verlassen sollen!"

Da gewahrte er plötzlich den Tyrannen, der, gefolgt von dem ganzen Feste, welches dem längst Erwarteten bis ans Tor entgegengestürzt war, ihm gerade gegenüber durch die Tür trat.

Ezzelin streckte die Rechte, Friede gebietend, und Germano senkte ehrfürchtig seine Waffe vor dem Kriegsherrn. Diesen Augenblick ergriff der rasende Mönch und stieß dem Ezzelin Entgegenschauenden den Pfeil in die Brust. Aber auch sich traf er tödlich, von dem blitzschnell wieder gehobenen Schwerte des Kriegers erreicht.

Germano war stumm zusammengesunken. Der Mönch, von Ascanio gestützt, tat noch einige wankende Schritte nach seinem Weibe und bettete sich, von dem Freunde niedergelassen, zu ihr, Mund an Mund.

Die Hochzeitsgäste umstanden die Vermählten. Ezzelin betrachtete den Tod. Hernach ließ er sich auf ein Knie nieder und drückte erst Antiope, darauf Astorre die Augen zu. In die Stille klang es mißtönig herein durch ein offenes Fenster. Man verstand aus dem Dunkel: „Jetzt schlummert der Mönch Astorre neben seiner Gattin Antiope." Und ein fernes Gelächter.

Dante erhob sich. „Ich habe meinen Platz am Feuer bezahlt", sagte er, „und suche nun das Glück des Schlummers. Der Herr des Friedens behüte uns alle!" Er wendete sich und schritt durch die Pforte, welche ihm der Edelknabe geöffnet hatte. Aller Augen folgten ihm, der die Stufen einer fackelhellen Treppe langsam emporstieg.

Plautus im Nonnenkloster

Nach einem heißen Sommertage hatte sich vor einem Kasino der Mediceischen Gärten zum Genusse der Abendkühle eine Gesellschaft gebildeter Florentiner um Cosmus Medici, den „Vater des Vaterlandes“, versammelt. Der reinste Abendhimmel dämmerte in prächtigen, aber zart abgestuften Farben über den mäßig Zechenden, unter welchen sich ein scharf geschnittener, greiser Kopf auszeichnete, an dessen beredten Lippen die Aufmerksamkeit der lauschenden Runde hing. Der Ausdruck dieses geistreichen Kopfes war ein seltsam gemischter: über die Heiterkeit der Stirn, die lächelnden Mundwinkel war der Schatten eines trüben Erlebnisses geworfen.

„Mein Poggio“, sagte nach einer eingetretenen Pause Cosmus Medici mit den klugen Augen in dem häßlichen Gesichte, „neulich habe ich das Büchlein deiner Fazetien wieder durchblättert. Freilich weiß ich es auswendig, und dieses mußte ich bedauern, da ich nur noch an den schlanken Wendungen einer glücklichen Form mich ergötzen, aber weder Neugierde noch Überraschung mehr empfinden konnte. Es ist unmöglich, daß du nicht, wählerisch wie du bist, diese oder jene deiner witzigen und liebenswürdigen Possen, sei es als nicht gesalzen genug oder als zu gesalzen, von der anerkannten Ausgabe des Büchleins ausgeschlossen hast. Besinne dich! Gib diesem Freundeskreise, wo die leiseste Anspielung verstanden und der keckste Scherz verziehen wird, eine Facezia inedita zum besten. Erzählend und schlürfend“ – er deutete auf den Becher – „wirst du dein Leid vergessen!“

Den frischen Kummer, auf welchen Cosmus als auf etwas Stadtbekanntes anspielte, hatte dem greisen Poggio – dem jetzigen Sekretär der florentinischen Republik und dem vormaligen von fünf Päpsten, dem früheren Kleriker und späteren Ehemanne – einer seiner Söhne verursacht, welche alle herrlich begabt waren und alle nichts taugten. Dieser Elende hatte die greisen Haare des Vaters mit einer Tat beschimpft, die nahe an Raub und Diebstahl grenzte und dem für den Sohn einstehenden, sparsamen Poggio überdies eine empfindliche ökonomische Einbuße zuzog.

Nach einem kurzen Besinnen antwortete der Greis: „Jene Possen oder ähnliche, die dir schmekken, mein Cosmus, kleiden, wie üppige Kränze, nur braune Locken und mißziemen einem zahnlosen Munde.“ Er lächelte und zeigte noch eine hübsche Reihe weißer Zähne. „Und“ – seufzte er – „nur ungern kehre ich zu jenen Jugendlichkeiten, wie harmlos im Grunde sie sein mögen, zurück, jetzt da ich die Unbefangenheit meiner Standpunkte und die Läßlichkeit meiner Lebensauffassung bei meinem Sohne – ich weiß nicht kraft welches unheimlichen Gesetzes der Steigerung – zu unerträglicher Frechheit, ja zur Ruchlosigkeit entarten sehe.“

„Poggio, du predigst!“ warf ein Jüngling ein. „Du, welcher der Welt die Komödien des Plautus wiedergegeben hast!“

„Dank für deine Warnung, Romolo!“ rief der unglückliche Vater, sich aufraffend, da er selbst als ein guter Gesellschafter es für unschicklich hielt, mit seinem häuslichen Kummer auf den Gästen zu lasten. „Dank für deine Erinnerung! Der ‚Fund des Plautus' ist die Fazetie, mit welcher ich heute euch, ihr Nachsichtigen, bewirten will."

„Nenne sie lieber den ‚Raub des Plautus'", warf ein Spötter ein.

Poggio aber, ohne ihn eines Blickes zu würdigen: „Möge sie euch ergötzen", fuhr er fort, „und zugleich belehren, Freunde, wie ungerecht der Vorwurf ist, mit welchem mich meine Neider verfolgen, als hätte ich jene Klassiker, deren Entdecker ich nun einmal bin, mir auf eine unedle, ja verwerfliche Weise angeeignet, als hätte ich sie – plump geredet – gestohlen. Nichts ist unwahrer."

Ein Lächeln ging im Kreise, zu welchem erst Poggio sich ernst und ablehnend verhielt, an dem er aber endlich selbst sich mitlächelnd beteiligte; denn ihm war als einem Menschenkenner bewußt, daß auch die falschesten Vorurteile sich nur schwer wieder entwurzeln lassen.

„Meine Fazetie", parodierte Poggio die den italienischen Novellen gewöhnlich voranstehende breite Inhaltsangabe, „handelt von zwei Kreuzen, einem schweren und einem leichten, und von zwei barbarischen Nonnen, einer Novize und einer Äbtissin."

„Göttlich, Poggio", unterbrach ihn ein Nachbar, „von der Art jener treuherzigen germanischen Vestalen, mit welchen du in deinem bewundernswerten Reisebriefe die Heilbäder an der Limmat wie mit Najaden bevölkert hast – das Beste, was du geschrieben, bei den neun Musen! Jener Brief verbreitete sich in tausend Abschriften über Italien ..."

„Ich übertrieb, euern Geschmack kennend", scherzte Poggio. „Immerhin, Ippolito, wirst du als ein Liebhaber der Treuherzigkeit an meiner barbarischen Nonne deine Freude haben. Ich beginne.

In jenen Tagen, erlauchter Cosmus, da wir unserer zur lernäischen Schlange entstellten heiligen Kirche die überflüssigen Köpfe abschlugen, befand ich mich in Konstanz und widmete meine Tätigkeit den großartigen Geschäften eines ökumenischen Konzils. Meine Muße aber teilte ich zwischen der Betrachtung des ergötzlichen Schauspiels, das auf der beschränkten Bühne einer deutschen Reichsstadt die Frömmigkeit, die Wissenschaft, die Staatskunst des Jahrhunderts mit seinen Päpsten, Ketzern, Gauklern und Buhlerinnen zusammendrängte – und der gelegentlichen Suche nach Manuskripten in den umliegenden Klöstern.

Verschiedene Spuren und Fährten verfolgend, geriet ich auf die der Gewißheit nahe Vermutung, daß sich in einem benachbarten Nonnenkloster ein Plautus in den Händen barbarischer Nonnen befand, wohin er sich aus irgendeiner abgehausten Benediktinerabtei als Erbe oder Pfand mochte verirrt haben. Ein Plautus! Denke dir, mein erlauchter Gönner, was es sagen wollte, damals, wo nur wenige, die Neugier unerträglich stachelnde Fragmente des großen römischen Komikers vorhanden waren! Daß ich darüber den Schlaf verlor, das glaubest du mir, Cosmus, der du meine Begeisterung für die Trümmer einer niedergegangenen größeren Welt teilst und begünstigst! Hätte ich nur alles im Stiche gelassen und wäre auf die Stätte geeilt, wo ein Unsterblicher, statt die Welt zu ergötzen, in unwürdigem Dunkel moderte! Doch es waren die Tage, da die Wahl des neuen Papstes alle Gemüter beschäftigte und der Heilige Geist die versammelten Väter auf die Verdienste und Tugenden des Otto Colonna aufmerksam zu machen begann, ohne daß darum das tägliche und stündliche Laufen und Rennen seiner Anhänger und Diener, unter welche ich zählte, im geringsten entbehrlich geworden wäre.

So geschah es, daß mir ein untergeordneter und unredlicher Sucher, leider ein Landsmann, in dessen Gegenwart ich in meiner Herzensfreude ein unbesonnenes Wort über die Möglichkeit eines so großen Fundes hatte fallen lassen, zuvorkam und – der Ungeschickte! – ohne den Klassiker per fas oder nefas zu gewinnen, die Äbtissin des Klosters, wo er von Staub bedeckt lag, mißtrauisch und auf den Schatz, den sie unwissend besaß, aufmerksam machte.

Endlich bekam ich freie Hand und setzte mich – trotz der bevorstehenden Papstwahl – auf ein rüstig schreitendes Maultier, den Auftrag hinterlassend, mir nach Eintritt des Weltereignisses einen Boten nachzusenden. Der Treiber meines Tieres war ein von dem Bischofe zu Chur unter seinem Gesinde nach Konstanz gebrachter Räter und nannte sich Anselino de Spiuga. Er hatte ohne Zögern in mein niedriges erstes Angebot gewilligt, und wir waren um einen unglaublich billigen Preis übereingekommen.

Tausend Possen gingen mir durch den Kopf. Die Bläue des Äthers, die mit einem frischen, fast kalten Hauch aus Norden zu gleichen Teilen gemischte Sommerluft, der wohlfeile Ritt, die überwundenen Schwierigkeiten der Papstwahl, der mir bevorstehende höchste Genuß eines entdeckten Klassikers, diese himmlischen Wohltaten stimmten mich unendlich heiter, und ich hörte die Musen und die Englein singen. Mein Begleiter dagegen, Anselino de Spiuga, ergab sich – so schien mir – den schwermütigsten Betrachtungen.

Selbst glücklich, suchte ich aus Menschenliebe auch ihn glücklich zu machen oder wenigstens zu erheitern und gab ihm allerhand Rätsel auf. Meist aus der biblischen Geschichte, die dem Volke geläufig ist. „Kennst du“, fragte ich, „den Hergang der Befreiung des Apostelfürsten aus den Ketten?“ und erhielt die Antwort, er habe denselben abgebildet gesehen in der Apostelkirche von Tosana. „Gib acht, Hänschen!“ fuhr ich fort. „Der Engel sprach zu Petrus: Zeuch deine Schuhe an und folge mir! Und sie gingen, ohne daß Petrus den Engel erkannt hätte, durch die erste und andere Hut, durch das Tor und eine Gasse lang. Jetzt schied der Begleiter, und alsbald sprach Petrus: Nun weiß ich wahrhaftig, daß mich ein Engel geführt hat. Woher, Hänschen, kam ihm dieses plötzliche Wissen, diese unumstößliche Überzeugung? Das sage mir, wenn du es erraten kannst.“ Anselino sann eine Weile und schüttelte dann den eigensinnigen Krauskopf. „Gib acht, Hänschen“, sagte ich, „ich löse die Frage. Daran erkannte Petrus den Engel, daß er für seinen Dienst kein Trinkgeld verlangte! Solches ist nicht irdisch. So handelt nur ein Himmlischer!“

Man soll mit dem Volke nicht scherzen. Hänschen suchte in dem Spaße, welcher mir aus dem Nichts zugeflogen war, eine Absicht oder Anspielung.

„Es ist wahr, Herr“, sagte er, „ich führe Euch fast umsonst, und ohne daß ich ein Engel wäre, werde ich auch kein Trinkgeld fordern. Wisset, mich zieht es auch meinesteils nach Monasterlingen“ – er nannte das Nonnenkloster, das Ziel unserer Fahrt – „wo morgen die Gertrude ihre Hüften mit dem Strick umgürtet und ihre Blondhaare unter der Schere fallen.“

Dem kräftigen Jüngling, der übrigens in Gebärde und Rede – es mochte ein Tropfen romanischen Blutes in dem seinigen fließen – viel natürlichen Anstand hatte, rollten Tränen über das sonneverbrannte Gesicht. „Bei dem Bogen Cupidos“, rief ich aus, „ein unglücklich Liebender!“ und ließ mir die einfache, aber keineswegs leichtverständliche Geschichte erzählen:

Er habe, mit seinem Bischofe nach Konstanz gekommen und dort ohne Beschäftigung, in der Umgegend als Zimmerer Arbeit gesucht. Diese habe er bei den Bauten des Nonnenklosters gefunden und dann die in der Nähe hausende Gertrude kennenlernen. Sie beide seien sich gut geworden und haben ein Wohlgefallen aneinander gefunden. So haben sie gern und oft zusammengesessen. „In allen Züchten und Ehren“, sagte er, „denn sie ist ein braves Mädchen.“ Da plötzlich sei sie von ihm zurückgetreten, ohne Abbruch der Liebe, sondern etwa wie wenn eine strenge Frist verlaufen wäre, und er habe als gewiß vernommen, sie nehme den Schleier. Morgen werde sie eingekleidet, und er werde dieser Handlung beiwohnen, um das Zeugnis seiner eigenen Augen anzurufen, daß ein redliches und durchaus nicht launenhaftes Mädchen einen Mann, den sie eingestandenermaßen liebe, ohne einen irgend denkbaren Grund könne fahrenlassen, um eine Nonne zu werden; wozu Gertrude, die Natürliche und Lebenskräftige, so wenig als möglich tauge und – wunderlicherweise –, aus ihren eigenen Äußerungen zu schließen, auch keine Lust habe, ja, wovor ihr graue und bange.

„Es ist unerklärlich!“ schloß der schwermütige

Räter und fügte bei, „durch eine Güte des Himmels sei kürzlich seine böse Stiefmutter Todes verblichen, vor welcher er das väterliche Haus geräumt, und dieses ihm nun wieder offen, wie die Arme seines greisen Vaters. Dergestalt würde seine Taube ein warmes Nest finden, aber sie wollte schlechterdings und unbegreiflicherweise in einer Zelle nisten."

Nach beendigter Rede verfiel Hänschen wieder in ein trübes Brüten und hartnäckiges Schweigen, welches er nur brach, um meine Frage nach dem Wesen der Äbtissin zu beantworten. Sie sei ein garstiges, kleines Weib, aber eine meisterliche Verwalterin, welche den verlotterten Haushalt des Klosters hergestellt und in die Höhe gebracht hätte. Sie stamme aus Abbatis Cella und heiße im Volke nur „das Brigittchen von Trogen".

Endlich tauchte das Kloster aus monotonen Weinbergen auf. Jetzt bat mich Anselino, ihn in einer Schenke am Wege zurückzulassen, da er Gertruden nur noch einmal erblicken wolle – bei ihrer Einkleidung. Ich nickte einwilligend und ließ mich vom Maultiere heben, um gemächlich dem nahen Kloster zuzuschlendern.

Dort ging es lustig her. In der Freiheit der Klosterwiese wurde ein großer, undeutlicher Gegenstand versteigert oder zu anderem Behufe vorgezeigt. Ein Schwartenhals, die Sturmhaube auf dem Kopfe, stieß von Zeit zu Zeit in eine mißtönige Drommete, vielleicht ein kriegerisches Beutestück, vielleicht ein kirchliches Geräte. Um die von ihren Nonnen umgebene Äbtissin und den zweideutigen Herold mit geflicktem Wams und zerlumpten Hosen, dem die nackten Zehen aus den zerrissenen Stiefeln blickten, bildeten Laien und zugelaufene

Mönche einen bunten Kreis in den traulichsten Stellungen. Unter den Bauern stand hin und wieder ein Edelmann – es ist in Turgovia, wie diese deutsche Landschaft sich nennt, Überfluß an kleinem und geringem Wappengevögel –, aber auch Bänkelsänger, Zigeuner, fahrende Leute, Dirnen und Gesindel jeder Art, wie sie das Konzil herbeigelockt hatte, mischten sich in die seltsame Korona. Aus dieser trat einer nach dem andern hervor und wog den Gegenstand, in welchem, näher getreten, ich ein grausiges, altertümliches, gigantisches Kreuz erkannte. Es schien von außerordentlicher Schwere zu sein, denn nach einer kurzen Weile begann es in den unsicher werdenden Händen selbst des stärksten Trägers hin und her zu schwanken, senkte sich bedrohlich und stürzte, wenn nicht andere Hände und Schultern sich tumultuarisch unter das zentnerschwere Holz geschoben hätten. Jubel und Gelächter begleiteten das Ärgernis. Um die Unwürdigkeit der Szene zu vollenden, tanzte die bäurische Äbtissin wie eine Besessene auf der frischgemähten Wiese herum, begeistert von dem Wert ihrer Reliquie – das Verständnis dieses Marktes begann mir zu dämmern – und wohl auch von dem Klosterweine, welcher in ungeheuern hölzernen Kannen, ohne Becher und Zeremonie, von Munde zu Munde ging.

„Bei den Waden der Mutter Gottes", schrie das freche Weibchen, „dieses Kreuz unserer seligen Herzogin Amalaswinta hebt und trägt mir keiner, selbst der stämmigste Bursche nicht; aber morgen lüpft's das Gertrudchen wie einen Federball. Wenn mir die sterbliche Kreatur nur nicht eitel wird! Gott allein die Ehre! sagt das Brigittchen. Leute, das Wunder ist tausend Jahr alt und noch wie funkelnagelneu! Es hat immer richtig gespielt und, auf Schwur und Eid, auch morgen läuft es glatt ab." – Sicherlich, die brave Äbtissin hatte sich unter dem himmlichen Tage ein Räuschlein getrunken.

Diesen possierlichen Vorgang mit ähnlichen, in meinem gesegneten Vaterland erlebten, zusammenhaltend, begann ich ihn zu verstehen und zu würdigen – nicht anders, als ich mir ihn, eine Stunde später, bei größerer Sachkunde endgültig zurechtlegte; aber ich wurde in meinem Gedankengange plötzlich und unangenehm unterbrochen durch einen kreischenden Zuruf der Hanswurstin in der weißen Kutte mit dem hochgeröteten Gesichte, den dummpfiffigen Äuglein, dem kaum entdeckbaren Stülpnäschen und dem davon durch einen ungeheuern Zwischenraum getrennten bestialischen Munde.

„He dort, welscher Schreiber!" schrie sie mich an. Ich war an diesem Tage schlicht und reisemäßig gekleidet und trage meinen klassischen Ursprung auf dem Antlitz. „Tretet ein bißchen näher und lüpft mir da der seligen Amalaswinte Kreuz!"

Alle Blicke richteten sich lachlustig auf mich, man gab Raum, und ich wurde nach alemannischer Sitte mit derben Stößen vorgeschoben. Ich entschuldigte mich mit der, Freunde, euch bekannten Kürze und Schwäche meiner Arme." Der Erzähler zeigte dieselbe mit einer schlenkernden Gebärde.

„Da rief die Schamlose, mich betrachtend: „Um so längere Finger hast du, sauberer Patron!", und in der Tat, meine Finger haben sich durch die tägliche Übung des Schreibens ausgebildet und geschmeidigt. Die Menge des umstehenden Volkes aber schlug eine tobende Lache auf, deren Sinn mir unverständlich blieb, die mich aber beleidigte und welche ich der Äbtissin ankreidete. Mißmutig wandte ich mich ab, bog um die Ecke der nahen Kirche, und den Haupteingang derselben offen findend, betrat ich sie. Der edle Rundbogen der Fenster und Gewölbe, statt des modischen Spitzbogens und des närrischen französischen Schnörkels, stimmte mich wieder klar und ruhig. Langsam schritt ich vorwärts durch die Länge des Schiffes, von einem Bildwerke angezogen, das sich, von Oberlicht erhellt, in kräftiger Rundung aus dem heiligen Dämmer hob und etwas in seiner Weise Schönes zu sein schien. Ich trat nahe und wurde nicht enttäuscht. Das Steinwerk enthielt zwei, durch ein Kreuz verbundene Gestalten, und dieses Kreuz glich an Größe und Verhältnissen vollständig dem auf der Klosterwiese zur Schau stehenden, welches von beiden dem andern nachgeahmt sein mochte. Ein gewaltiges, dorngekröntes Weib trug es fast waagrecht mit kraftvollen Armen auf mächtiger Schulter und stürzte doch unter ihm zusammen, wie die derb im Gewande sich abzeichnenden Knie zeigten. Neben und vor dieser hinfälligen Gigantin schob eine kleinere Gestalt, ein Krönlein auf dem lieblichen Haupte, ihre schmalere Schulter erbarmungsvoll unter die untragbare Last. Der alte Meister hatte – absichtlich, oder wohl eher aus Mangel an künstlerischen Mitteln – Körper und Gewandung roh behandelt, sein Können und die Inbrunst seiner Seele auf die Köpfe verwendend, welche die Verzweiflung und das Erbarmen ausdrückten.

Davon ergriffen, trat ich, das gute Licht suchend, einen Schritt zurück. Siehe, da kniete mir gegenüber an der andern Seite des Werkes ein Mädchen, wohl eine Eingeborene, eine Bäuerin der Umgebung, fast ebenso kräftig gebildet wie die steinerne Herzogin, die Kapuze der weißen Kutte über eine Last von blonden Flechten und einen starken, luftbedürftigen Nacken zurückgeworfen.

Sie erhob sich, denn sie war, in sich versunken, meiner nicht früher ansichtig geworden als ich ihrer, wischte sich mit der Hand quellende Tränen aus dem Auge und wollte sich entfernen. Es mochte eine Novize sein.

Ich hielt sie zurück und bat sie, mir das Steinbild zu deuten. Ich sei einer der fremden Väter des Konzils, sagte ich ihr in meinem gebrochenen Germanisch. Diese Mitteilung schien ihr nicht viel Eindruck zu machen. Sie berichtete mir in einer einfachen Weise, das Bild stelle eine alte Königin oder Herzogin dar, die Stifterin dieses Klosters, welche, darin Profeß tuend, zur Einkleidung habe schreiten wollen: das Haupt mit Dornen umwunden und die Schulter mit dem Kreuze beladen. „Es heißt", fuhr das Mädchen bedenklich fort, „sie war eine große Sünderin, mit dem Giftmord ihres Gatten beladen, aber so hoch, daß die weltliche Gerechtigkeit ihr nichts anhaben durfte. Da rührte Gott ihr Gewissen, und sie geriet in große Nöte, an dem Heil ihrer Seele verzweifelnd!" Nach einer langen und schweren Buße habe sie, ein Zeichen verlangend, daß ihr vergeben sei, dieses große und schwere Kreuz zimmern lassen, welches der stärkste Mann ihrer Zeit kaum allein zu heben vermochte, und auch sie brach darunter zusammen, hätte es nicht die Mutter Gottes in sichtbarer Gestalt barmherzig mit getragen, die ambrosische Schulter neben die irdische schiebend.

Nicht diese Worte brauchte die blonde Germanin, sondern einfachere, ja derbe und plumpe, welche sich aber aus einer barbarischen in unsere gebildete toskanische Sprache nicht übersetzen ließen, ohne bäurisch und grotesk zu werden, und das, Herrschaften, würde hinwiederum nicht passen zu dem großen Ausdrucke der trotzigen, blauen Augen und der groben, aber wohlgeformten Züge, wie ich sie damals vor mir gesehen habe.

„Die Geschichte ist glaublich!“ sprach ich vor mich hin, denn diese Handlung einer barbarischen Königin schien mir in die Zeiten und Sitten um die dunkle Wende des ersten Jahrtausends zu passen. „Sie könnte wahr sein!“

„Sie ist wahr!“ behauptete Gertrude kurz und heftig mit einem finstern, überzeugten Blicke auf das Steinbild und wollte sich wiederum entfernen; aber ich hielt sie zum andern Male zurück mit der Frage, ob sie die Gertrude wäre, von welcher mir mein heutiger Führer Hans von Splügen erzählt habe? Sie bejahte unerschrocken, ja unbefangen, und ein Lächeln verbreitete sich von den derben Mundwinkeln langsam wie ein wanderndes Licht über das braune, aber schon in der Klosterluft bleichende Antlitz.

Dann sann sie und sagte: „Ich wußte, daß er meiner Einkleidung beiwohnen werde, und mir kann es recht sein. Sieht er meine Flechten fallen, so hilft ihm das, mich vergessen. Da Ihr einmal hier seid, ehrwürdiger Herr, will ich eine Bitte an Euch richten. Fährt der Mann mit Euch nach Konstanz zurück, so steckt ihm ein Licht an, warum ich mich ihm verweigert habe, nachdem ich – und sie errötete kaum merklich – in Ehren und nach Landessitte mit ihm freundlich gewesen bin. Mehr als einmal war ich im Begriff, ihm den Handel zu erzählen, aber ich biß mich in die Lippe, denn es ist ein geheimer Handel zwischen mir und der Gottesmutter, und da taugt Schwätzen nicht. Euch aber, einem in den geistlichen Geheimnissen Bewanderten, kann ich ihn ohne Verrat mitteilen. Ihr berichtet dann dem Hans davon, soviel sich schickt und Euch gut dünkt. Es ist nur, damit er mich nicht für eine Leichtfertige halte und für eine Undankbare und ich ihm dergestalt im Gedächtnis bleibe.

Mit meiner Sache aber ist es so bestellt. Als ich noch ein unmündiges Kind war – ich zählte zehn Jahre, und der Vater war mir schon gestorben –, erkrankte mir das Mütterlein schwer und hoffnungslos. Da befiel mich eine Angst, allein in der Welt zu bleiben. Aus dieser Angst und aus Liebe zu dem Mütterlein gelobte ich mich der reinen Magd Maria für mein zwanzigstes Jahr, wenn sie mir es bis dahin erhielte, oder nahezu. So tat sie und erhielt es mir bis letzten Fronleichnam, wo es selig verstarb, gerade da der Hans im Kloster mit Zimmerwerk zu tun hatte und dann auch dem Mütterlein den Sarg zimmerte. Da ich nun allein war, was ist da viel zu wundern, daß er mir lieb wurde. Er ist brav, sparsam, was die Welschen meistenteils sind, „modest und diskret", wie sie ennetbirgisch sagen. Auch konnten wir in zwei Sprachen miteinander verhandeln, denn der Vater, der ein starker und beherzter Mann war, hatte früher, nicht zu seinem Schaden, einen schmächtigen, furchtsamen Handelsherrn zu wiederholten Malen über das Gebirge begleitet und von jenseits ein paar welsche Brocken heimgebracht. Nannte mich nun der Hans „cara bambina", so hieß ich ihn dagegen „poverello", und beides lautet wohl, ob ich auch unsere landesüblichen Liebeswörter nicht schelten will, wenn sie ehrlich gemeint sind.

Zugleich aber war mein Gelübde verfallen und mahnte mich mit jedem Aveläuten.

Da kamen mir oft flüsternde Gedanken, wie zum Beispiel: „Das Gelübde eines unschuldigen Kindes, das nicht weiß, was Mann und Weib ist, hat dich nicht weggeben können!“ oder: „Die Mutter Gottes, nobel wie sie ist, hätte dir das Mütterlein wohl auch umsonst und vergebens geschenkt!“ Doch ich sprach dagegen: „Handel ist Handel!“ und „Ehrlich währt am längsten!“ Sie hat ihn gehalten, so will ich ihn auch halten. Ohne Treu und Glauben kann die Welt nicht bestehen. Wie sagte der Vater selig? Ich hielte dem Teufel Wort, sagte er, geschweige dem Herrgott.

Nun höret, ehrwürdiger Herr, wie ich es meine! Seit die Mutter Gottes der Königin das Kreuz trug, hilft sie es, ihr Kloster bevölkernd, seit urewigen Zeiten allen Novizen ohne Unterschied tragen. Es ist ihr eine Gewohnheit geworden, sie tut es gedankenlos. Mit diesen meinen Augen habe ich – eine Neunjährige – gesehen, wie das Lieschen von Weinfelden, ein sieches Geschöpf, da es hier Profeß tat, das zentnerschwere Kreuz spottend und spielend auf der schiefen Schulter trug.

Nun sage ich zur Mutter Gottes: „Willst du mich, so nimm mich! Obwohl ich – wenn du die Gertrude wärest und ich die Mutter Gottes – ein Kind vielleicht nicht beim Wort nehmen würde. Aber gleichviel – Handel ist Handel! Nur ist ein Unterschied. Der Herzogin, von Sünden schwer, ward es leicht und wohl im Kloster; mir wird es darinnen wind und weh. Trägst du mir das Kreuz, so erleichtere mir auch das Herz; sonst gibt es ein Unglück, Mutter Gottes! Kannst du mir aber das Herz nicht erleichtern, so laß mich tausend Male lieber zu meiner Schande und vor aller Leute Augen stürzen und schlagen platt auf den Boden hin.“

Während ich diese schwerfälligen Gedanken, langsam arbeitend, tiefe Furchen in Gertrudens junge Stirn ziehen sah, lächelte ich listig: „Ein behendes und kluges Mädchen zöge sich mit einem Straucheln aus der Sache!“ Da loderten ihre blauen Augen. „Meint Ihr, ich werde fälschen, Herr?“ zürnte sie. „So wahr mir helfe Gott Vater, Sohn und Geist in meinem letzten Stündlein, so redlich will ich das Kreuz tragen mit allen Sehnen und Kräften dieser meiner Arme!“, und sie hob dieselben leidenschaftlich, als trüge sie es schon, so daß die Ärmel der Kutte und des Hemdes weit zurückfielen. Da betrachtete ich als ein Florentiner, der ich bin, die schlankkräftigen Mädchenarme mit künstlerischem Vergnügen. Sie wurde es gewahr, runzelte die Stirn und wandte mir unmutig den Rücken.

Nachdem sie gegangen war, setzte ich mich in einen Beichtstuhl, legte die Stirn in die Hand und sann – wahrlich nicht an das barbarische Mädchen, sondern an den römischen Klassiker. Da jubelte mein Herz, und ich rief überlaut: „Dank, ihr Unsterblichen! Geschenkt ist der Welt ein Liebling der komischen Muse! Plautus ist gewonnen!“

Freunde, eine Verschwörung von Gelegenheiten verbürgte mir diesen Erfolg.

Ich weiß nicht, mein Cosmus, wie du vom Wunderbaren denkst? Ich selbst denke läßlich davon, weder abergläubisch noch verwegen; denn ich mag die absoluten Geister nicht leiden, welche, wo eine unerklärliche Tatsache einen Dunstkreis von Aberglauben um sich sammelt, die ganze Erscheinung – Mond und Hof – ohne Prüfung und Unterscheidung entweder summarisch glauben oder ebenso summarisch verwerfen.

Das Unbegreifliche und den Betrug, beide glaubte ich hier zu entdecken.

Das schwere Kreuz war echt, und eine großartige Sünderin, eine barbarische Frau, mochte es gehoben haben mit den Riesenkräften der Verzweiflung und der Inbrunst. Aber diese Tat hatte sich nicht wiederholt, sondern wurde seit Jahrhunderten gauklerisch nachgeäfft. Wer war schuldig dieses Betruges? Irre Andacht? rechnende Habsucht? Das bedeckte das Dunkel der Zeiten. So viel aber stand fest: Das grausige alterschwarze Kreuz, das vor dem Volke schaustund, und das von einer Reihenfolge einfältiger oder einverstandener Novizen und neulich noch von dem schwächlichen und verschmitzten Lieschen zu Weinfelden bei ihrer Einkleidung getragene waren zwei verschiedene Hölzer, und während das schwere auf der Klosterwiese gezeigt und gewogen wurde, lag ein leichtes Gaukelkreuz in irgendeinem Verstecke des Klosters aufgehoben und eingeriegelt, um dann morgen mit dem wahren die Rolle zu wechseln und die Augen des Volkes zu täuschen.

Das Dasein eines Gaukelkreuzes, von welchem ich wie von meinem eigenen überzeugt war, bot mir eine Waffe. Eine zweite bot mir ein Zeitereignis.

Drei entsetzte Päpste und zwei verbrannte Ketzer genügten nicht, die Kirche zu reformieren; die Kommissionen des Konzils beschäftigten sich, die eine mit diesem, die andere mit jenem abzustellenden Übelstande. Eine derselben, in welcher der Doctor christianissimus Gerson und der gestrenge Pierre d'Ailly saßen und ich zeitweilig die Feder führte, stellte die Zucht in den Nonnenklöstern her. Die in unsichern Frauenhänden gefährlichen Scheinwunder und die schlechte Lektüre der

Schwestern kamen da zur Sprache. Im Vorbeigehen – diese Dinge wurden von den zwei Franzosen mit einer uns Italienern geradezu unbegreiflichen Pedanterie behandelt, ohne den leichtesten Scherz, wie nahe er liegen mochte. Genug, die Tatsache dieser Verhandlungen bildete den Zettel, die Verschuldung eines Scheinwunders den Einschlag meines Gewebes, und das Netz war fertig, welches ich der Äbtissin unversehens über den Kopf warf.

Langsam erstieg ich die Stufen des Chores und wandte mich aus demselben rechts in die ebenfalls hoch und kühn gewölbte Sakristei, in welcher ich die mit prahlerischen Inschriften bezeichnete leere Stelle fand, wo das schwere Kreuz gewöhnlich an die hohe Mauer lehnte und wohin es bald wieder von der Klosterwiese zurückkehren sollte. Zwei Pförtchen führten in zwei Seitengelasse. Das eine zeigte sich verschlossen. Das andere öffnend, stand ich in einer durch ein von Spinneweb getrübtes Rundfenster dürftig erhellten Kammer. Siehe, es enthielt die auf ein paar wurmstichige Bretter zusammengedrängte Bibliothek des Klosters.

Mein ganzes Wesen geriet in Aufregung, nicht anders als wäre ich ein verliebter Jüngling und beträte die Kammer Lydias oder Glyceres. Mit zitternden Händen und bebenden Knien nahte ich mich den Pergamenten, und hätte ich darunter die Komödien des Umbriers gefunden, ich bedeckte sie mit unersättlichen Küssen.

Aber, ach, ich durchblätterte nur Rituale und Liturgien, deren heiliger Inhalt mich Getäuschten kaltließ. Kein Kodex des Plautus! Man hatte wahr berichtet. Ein plumper Sammler hatte durch ein täppisches Zugreifen den Hort, statt ihn zu heben, in unzugängliche Tiefen versinken lassen. Ich fand

– als einzige Beute – unter dem Staube die „Bekenntnisse St. Augustins", und da ich das spitzfindige Büchlein stets geliebt habe, steckte ich es mechanisch in die Tasche, mir, nach meiner Gewohnheit, eine Abendlektüre vorbereitend. Siehe – da fuhr, wie der Blitz, meine kleine Äbtissin, welche das Kreuz wieder in die Sakristei hatte schleppen lassen und mir, ohne daß ich es, in der Betäubung des Verlangens und der Enttäuschung, vernommen hätte, durch die offengebliebene Tür in die Bücherkammer nachgeschlichen kam – wie der Blitz fuhr das Weibchen, sage ich, auf mich los, schimpfend und scheltend, ja sie betastete meine Toga mit unziemlichen Handgriffen und brachte den an meinem Busen liegenden Kirchenvater wieder ans Tageslicht.

„Männchen, Männchen", kreischte sie, „ich habe es gleich Eurer langen Nase angesehen, daß Ihr einer der welschen Büchermarder seid, welche zeither unsere Klöster beschleichen. Aber, lernet, es ist ein Unterschied zwischen einem weinschweren Mönch des heiligen Gallus und einer hurtigen Appenzellerin. Ich weiß", fuhr sie schmunzelnd fort, „um welchen Speck die Katzen streichen. Sie belauern das Buch des Pickelherings, welches wir hier aufbewahren. Keine von uns wußte, was drinnen stand, bis neulich ein welscher Spitzbube unsere hochheiligen Reliquien verehrte und dann unter seinem langen, geistlichen Gewande" – sie wies auf das meinige – „den Possenreißer ausführen wollte. Da sagte ich zu mir: Brigittchen von Trogen, laß dich nicht prellen! Die Schweinshaut muß Goldes wert sein, da der Welsche den Strick dafür wagt. Denn bei uns, Mann, heißt es: ‚Wer eines Strickes Wert stiehlt, der hangt am Strick!' Das Brigittchen, nicht dumm, zieht einen gelehrten Freund ins Vertrauen, einen Mann ohne Falsch, den Pfaffen von Dießenhofen, der unser Weinchen lobt und zuweilen mit den Schwestern einen schnurrigen Spaß treibt. Wie der die närrischen, vergilbten Schnörkel untersucht, ‚Potz Hasen, Frau Mutter‘, sagt' er, ‚das gilt im Handel! Daraus baut Ihr Euerm Klösterlein eine Scheuer und eine Kelter! Nehmt mir das Buch, liebe Frau, flüchtet es unter Euern Pfühl, legt Euch auf den Podex – so hat es den Namen – und bleibt – bei der Krone der Mutter Gottes – darauf liegen, bis sich ein redlicher Käufer meldet!‘ Und so tat das Brigittchen, wenn es auch zeither etwas hart liegt.“

Ich verwand ein Lächeln über das Nachtlager des Umbriers, welches ihm die drei Richter der Unterwelt für seine Sünden mochten zugesprochen haben, und zeigte, mir die Würde gebend, die mir unter Umständen eignet, ein ernstes und strafendes Gesicht.

„Äbtissin“, sprach ich in feierlichem Tone, „du verkennest mich. Vor dir steht ein Gesandter des Konzils, einer der in Konstanz versammelten Väter, einer der heiligen Männer, welche geordnet sind zur Reform der Nonnenklöster.“ Und ich entfaltete eine stattlich geschriebene Wirtshausrechnung; denn mich begeisterte die Nähe des versteckten komischen Dichters.

„Im Namen“, las ich, „und mit der Vollmacht des siebzehnten und ökumenischen Konzils! Die Hände keiner christlichen Vestale verunreinige eine jener sittengefährlichen, sei es lateinisch, sei es in einer der Vulgärsprachen verfaßten Schriften, mit deren Erfindung ihre Seele beschädigt haben ... Fromme Mutter, ich darf Eure keuschen Ohren nicht mit den Namen dieser Verworfenen beleidigen ...

Gaukelwunder, herkömmliche oder einmalige, verfolgen wir mit unerbittlicher Strenge. Wo sich ein wissentlicher Betrug feststellen läßt, büßt die Schuldige – und wäre es die Äbtissin – das Sakrilegium unnachsichtlich mit dem Feuertode."

Diese wurde bleich wie eine Larve. Aber gleich wieder faßte sich das verlogene Weibchen mit einer bewunderungswürdigen Geistesgegenwart.

„Gott sei gepriesen und gelobt", rief es aus, „daß er endlich in seiner heiligen Kirche Ordnung schafft!" und holte zutunlich grinsend aus einem Winkel des Schreines ein zierlich gebundenes Büchlein hervor. „Dieses", sagte es, „hinterließ uns ein welscher Kardinal, unser Gastfreund, welcher sich damit in sein Mittagsschläfchen las. Der Pfaff von Dießenhofen, welcher es musterte, tat dann den Ausspruch, es sei das Wüsteste und Gottverbotenste, was seit Erfindung der Buchstaben und noch dazu von einem Kleriker ersonnen wurde. Frommer Vater, ich lege Euch den Unrat vertrauensvoll in die Hände. Befreit mich von dieser Pest!" Und sie übergab mir – meine Fazetien!

Obwohl diese Überraschung eine Bosheit eher des Zufalls als des geistlichen Weibchens war, fühlte ich mich doch gekränkt und verstimmt. Ich begann die kleine Äbtissin zu hassen. Denn unsere Schriften sind unser Fleisch und Blut, und ich schmeichle mir, in den meinigen mit leichten Sohlen zu schreiten, weder die züchtigen Musen noch die unfehlbare Kirche beleidigend.

„Gut", sagte ich. „Möchtest du, Äbtissin, auch in dem zweiten und wesentlicheren Punkt unsträflich erfunden werden! Dem versammelten Volke hast du in der Nähe und unter den Augen des Konzils“, sprach ich vorwurfsvoll, „ein Wunder versprochen, so marktschreierisch, daß du es jetzt nicht mehr rückgängig machen kannst. Ich weiß nicht, ob das klug war. Erstaune nicht, Äbtissin, daß dein Wunder geprüft wird! Du hast dein Urteil gefordert!“

Die Knie des Weibchens schlotterten, und seine Augen gingen irre. „Folge mir“, sagte ich streng, „und besichtigen wir die Organe des Wunders!“

Sie folgte niedergeschlagen, und wir betraten die Sakristei, wohin das echte Kreuz zurückgekehrt war und in dem weiten Halbdunkel des edlen Raumes mit seinen Rissen und Sprüngen und mit seinem gigantischen Schlagschatten so gewaltig an die Mauer lehnte, als hätte heute erst eine verzweifelnde große Sünderin es ergriffen und wäre darunter ins Knie gesunken, die Steinplatte schon mit der Stirne berührend in dem Augenblicke, da die Himmelskönigin erschien und ihr beistand. Ich wog es, konnte es aber nicht einen Augenblick heben. Um so lächerlicher schien mir der Frevel, diese erdrückende Bürde mit einem Spielzeuge zu vertauschen. Ich wendete mich entschlossen gegen das hohe, schmale Pförtchen, dahinter ich dieses vermutete.

„Den Schlüssel, Äbtissin!“ befahl ich. Das Weibchen starrte mich mit entsetzten Augen an, aber antwortete frech: „Verlorengegangen, Herr Bischof! Seit mehr als einem Jahrzehnt!“

„Frau“, sprach ich mit furchtbarem Ernste, „dein Leben steht auf dem Spiel! Dort gegenüber haust ein Dienstmann des mir befreundeten Grafen von Doccaburgo. Dorthin schicke oder gehe ich nach Hilfe. Findet sich hier ein dem echten nachgebildetes Scheinkreuz von leichterem Gewichte, so flammst und loderst du, Sünderin, wie der Ketzer Hus, und nicht minder schuldig als er!“

Nun trat eine Stille ein. Dann zog das Weibchen – ich weiß nicht ob zähneklappernd oder zähneknirschend – einen altertümlichen Schlüssel mit krausem Barte hervor und öffnete. Schmeichelhaft – mein Verstand hatte mich nicht betrogen. Da lehnte an der Mauer des hohen kaminähnlichen Kämmerchens ein schwarzes Kreuz mit Rissen und Sprüngen, welches ich gleich ergriff und mit meinen schwächlichen Armen ohne Schwierigkeit in die Lüfte hob. In jeder seiner Erhöhungen und Vertiefungen, in allen Einzelheiten war das falsche nach dem Vorbilde des echten Kreuzes geformt, diesem auch für ein scharfes Auge zum Verwechseln ähnlich, nur daß es zehnmal leichter wog. Ob es gehöhlt, ob es aus Kork oder einem anderen leichtesten Stoffe verfertigt sein mochte, habe ich, bei dem raschen Gang und der Überstürzung der Ereignisse, niemals in Erfahrung gebracht.

Ich bewunderte die Vollkommenheit der Nachahmung, und der Gedanke stieg in mir auf: Nur ein großer Künstler, nur ein Welscher kann dieses zustande gebracht haben: und da ich für den Ruhm meines Vaterlandes begeistert bin, brach ich in die Worte aus: „Vollendet! Meisterhaft!“ – wahrlich nicht den Betrug, sondern die darauf verwendete Kunst lobend.

„Schäker, Schäker“, grinste mit gehobenem Finger das schamlose Weibchen, welches mich aufmerksam beobachtet hatte: „Ihr habet mich überlistet, und ich weiß, was es mich kostet! Nehmet Euern Possenreißer, den ich Euch stracks holen werde, unter den Arm, haltet reinen Mund und ziehet mit Gott!“ Wann auf den sieben Hügeln zwei

Auguren sich begegneten und, nach einem antiken geflügelten Worte, sich zulächelten, wird es ein feineres Spiel gewesen sein als das unreinliche Gelächter, welches die Züge meiner Äbtissin verzerrte und sich in die zynischen Worte übersetzen ließ: „Wir alle wissen, wo Bartolo den Most holt, wir sind Schelme allesamt, und keiner braucht sich zu zieren."

Ich aber sann inzwischen auf die Bestrafung des nichtsnutzigen Weibchens.

Da vernahmen wir bei der plötzlich eingetretenen Stille ein Trippeln, ein Wispern, ein Kichern aus dem nahen Chore und errieten, daß wir von den müßigen und neugierigen Nonnen belauscht wurden. „Bei meinem teuern Magdtum", beschwor mich das Weibchen, „verlassen wir uns, Herr Bischof! Um keine Güter der Erde möchte ich mit Euch von meinen Nonnen betroffen werden; denn Ihr seid ein wohlgebildeter Mann, und die Zungen meiner Schwestern schneiden wie Scheren und Messer!" Dieses Bedenken fand ich begründet. Ich hieß sie sich entfernen und ihre Nonnen mit sich nehmen.

Nach einer Weile dann räumte auch ich die Sakristei. Die Tür zu der Kammer des Gaukelkreuzes aber legte ich nur behutsam ins Schloß, ohne den Schlüssel darin umzudrehen. Diesen zog ich, steckte ihn unter mein Gewand und ließ ihn im Chore in eine Spalte zwischen zwei Stühlen gleiten, wo er heute noch stecken mag. So aber tat ich ohne bestimmten Plan auf die Einflüsterung irgendeines Gottes oder einer Göttin.

Wie ich in der niederen äbtlichen Stube mit meiner Äbtissin und einem Klostergerüchlein zusammensaß, empfand ich eine solche Sehnsucht nach dem unschuldigen Spiele der Muse und einen solchen Widerwillen gegen die Drehungen und Windungen der ertappten Lüge, daß ich beschloß, es kurz zu machen. Das geistliche Weibchen mußte mir bekennen, wie es in das hundertjährige Schelmstück eingeweiht wurde, und ich machte ein Ende mit ein paar prätorischen Edikten. Sie gestand: ihre Vorgängerin im Amte habe sich sterbend mit ihr und dem Beichtiger eingeschlossen und beide hätten ihr das von Äbtissin auf Äbtissin vererbte Scheinwunder als das wirtschaftliche Heil des Klosters an das Herz gelegt. Der Beichtiger – so erzählte sie geschwätzig – habe des Ruhmes kein Ende gefunden über das ehrwürdige Alter des Betrugs, seinen tiefen Sinn und seine belehrende Kraft. Besser und überzeugender als jede Predigt versinnliche dem Volke das Trugwunder die anfängliche Schwere und spätere Leichtigkeit eines gottseligen Wandels. Diese Symbolik hatte den Kopf des armen Weibchens dergestalt verdreht, daß es in einem Atemzuge behauptete, etwas Unrechtes hätte es nicht begangen, als Kind aber sei es auch einmal ehrlich gewesen.

„Ich schone dich um der Mutter Kirche willen, auf welche die Flamme deines Scheiterhaufens ein falsches Licht würfe", schnitt ich diese bäuerliche Logik ab und befahl ihr kurz, das Gaukelkreuz zu verbrennen, nachdem das schon ausposaunte Wunder noch einmal gespielt habe – dieses wagte ich aus Klugheitsgründen nicht zu verhindern –, den Plautus aber ohne Frist auszuliefern.

Die Äbtissin gehorchte schimpfend und schmälend. Sie unterzog sich den Verordnungen des Konzils von Konstanz, wie dieselben mein Mund formulierte, ob auch ohne das Vorwissen der versammelten Väter, sicherlich in ihrem Sinne und Geiste.

Wie das Brigittchen mir knurrend den Kodex brachte – ich hatte mich in ein bequemes Gemach des an der Ringmauer gelegenen klösterlichen Gasthauses geflüchtet –, drängte ich die Ungezogene aus der Tür und schloß mich mit den komischen Larven des Umbriers ein. Kein Laut störte mich dort, wenn nicht der Kehrreim eines Kinderliedes, welches Bauermädchen auf der Wiese vor meinem Fenster sangen, das mir aber nur meine Einsamkeit noch ergötzlicher machte.

Nach einer Weile freilich polterte draußen das geistliche Weibchen in großer Aufregung und schlug mit verzweifelten Fäusten gegen die verriegelte schwere Eichentür, den Schlüssel der offenstehenden Kammer des Gaukelkreuzes fordernd. Ich gab ihr bedauernd den kurzen und wahrhaften Bescheid, derselbe sei nicht in meinen Händen, achtete ihrer weiter nicht und ließ, im Himmel des höchsten Genusses, die Unselige jammern und stöhnen, wie eine Seele im Fegfeuer. Ich aber schwelgte in hochzeitlichen Wonnen.

Ein an das Licht tretender Klassiker und nicht ein dunkler Denker, ein erhabener Dichter, nein das Nächstliegende und ewig Fesselnde, die Weltbreite, der Puls des Lebens, das Marktgelächter von Rom und Athen, Witz und Wortwechsel und Wortspiel, die Leidenschaften, die Frechheit der Menschennatur in der mildernden Übertreibung des komischen Zerrspiegels – während ich ein Stück verschlang, hütete ich schon mit heißhungrigen Blicken das folgende.

Ich hatte den witzigen Amphitryo beendigt, schon lag die Aulularia mit der unvergleichlichen Maske des Geizhalses vor mir aufgeschlagen – da hielt ich inne und lehnte mich in den Stuhl zurück;

denn die Augen schmerzten mich. Es dämmerte und dunkelte. Die Mädchen auf der Wiese draußen hatten wohl eine Viertelstunde lang unermüdlich den albernen Reigen wiederholt:

„Adam hatte sieben Söhn' . . ."

Jetzt begannen sie neckisch einen neuen Kehrreim und sangen mit drolliger Entschlossenheit:

„In das Kloster geh ich nicht,
Nein! ein Nönnchen werd ich nicht . . ."

Ich lehnte mich hinaus, um dieser kleinen Feindinnen des Zölibates ansichtig zu werden und mich an ihrer Unschuld zu ergötzen. Aber ihr Spiel war keineswegs ein unschuldiges. Sie sangen, sich mit dem Ellbogen stoßend und sich Blicke zuwerfend, nicht ohne Bosheit und Schadenfreude, an ein vergittertes Fenster hinauf, hinter welchem sie wohl Gertruden vermuteten. Oder kniete diese schon in der Sakristei, dort unter dem bleichen Schimmer des ewigen Lichtes, nach der Sitte der Einzukleidenden, welche die Nacht vor der himmlischen Hochzeit im Gebete verbringen. Doch was kümmerte mich das? Ich entzündete die Ampel und begann die Topfkomödie zu lesen.

Erst da meiner Leuchte das Öl gebrach und mir die Lettern vor den müden Augen schwammen, warf ich mich auf das Lager und verfiel in einen unruhigen Schlummer. Bald umkreisten mich wieder die komischen Larven. Hier prahlte ein Soldat mit großen Worten, dort küßte der trunkene Jüngling ein Liebchen, das sich mit einer schlanken

Wendung des Halses seinen Küssen entgegenbog. Da – unversehens – mitten unter dem lustigen, antiken Gesindel stand eine barfüßige, breitschultrige Barbarin, mit einem Stricke gegürtet, als Sklavin zu Markte gebracht, wie es schien, unter finsteren Brauen hervor mich anstarrend mit vorwurfsvollen und drohenden Augen.

Ich erschrak und fuhr aus dem Schlummer empor. Der Morgen graute. Eine Hälfte des kleinen Fensters stand offen bei der Sommerschwüle, und ich vernahm aus dem nahen Chore der Klosterkirche eine eintönige Anrufung, unheimlich übergehend in ein ersticktes Stöhnen und dann in ein gewaltsames Schreien.

Mein gelehrter und ruhmbedeckter Freund", unterbrach sich der Erzähler selbst, gegen einen gravitätischen Mann gewendet, welcher ihm gegenübersaß und sich trotz der Sommerwärme mit dem Faltenwurf seines Mantels nach Art der Alten drapierte, „mein großer Philosoph, sage mir, ich beschwöre dich, was ist das Gewissen?

Ist es ein allgemeines? Keineswegs. Wir alle haben Gewissenlose gekannt, und daß ich nur *einen* nenne, unser Heiliger Vater, Johannes XXIII., den wir in Konstanz entthronten, hatte kein Gewissen, aber dafür ein so glückliches Blut und eine so heitere, ich hätte fast gesagt kindliche Gemütsart, daß er, mitten in seinen Untaten, deren Gespenster seinen Schlummer nicht beunruhigten, jeden Morgen aufgeräumter erwachte, als er sich gestern niedergelegt hatte. Als ich auf Schloß Gottlieben, wo er gefangen saß, die ihn anklagende Rolle entfaltete und ihm die Summe seiner Sünden – zehnmal größer als seine Papstnummer scelera horrenda, abominanda – mit zager Stimme und fliegenden Schamröten vorlas, ergriff er gelangweilt die Feder und malte einer heiligen Barbara in seinem Breviarium einen Schnurrbart ...

Nein, das Gewissen ist kein allgemeines, und auch unter uns, die wir ein solches besitzen, tritt es, ein Proteus, in wechselnden Formen auf. In meiner Wenigkeit zum Beispiel wird es wach jedesmal, wo es sich in ein Bild oder in einen Ton verkörpern kann. Als ich neulich bei einem jener kleinen Tyrannen, von welchen unser glückliches Italien wimmelt, zu Besuche war und in dieser angenehmen Abendstunde mit schönen Weibern bei Chier und Lautenklang zusammensaß auf einer luftigen Zinne, welche, aus dem Schloßturm vorspringend, über dem Abgrund eines kühlen Gewässers schwebte, vernahm ich unter mir einen Seufzer. Es war ein Eingekerkerter. Weg war die Lust und meines Bleibens dort nicht länger. Mein Gewissen war beschwert, das Leben zu genießen, küssend, trinkend, lachend neben dem Elende.

Gleicherweise konnte ich jetzt das nahe Geschrei einer Verzweifelnden nicht ertragen. Ich warf Gewand um und schlich durch den dämmernden Kreuzgang nach dem Chore, mir sagend, es müsse sich, während ich den Plautus las, mit Gertruden geändert haben: an der Schwelle des Entscheides sei ihr die unumstößliche Überzeugung geworden, sie werde zugrunde gehen in dieser Gesellschaft, in dem Nichts oder – schlimmer – in der Fäulnis des Klosters, mit der Gemeinheit zusammengesperrt, sie verachtend und von ihr gehaßt.

In der Türe der Sakristei blieb ich lauschend stehen und sah Gertruden vor dem wahren, schweren Kreuze die Hände ringen. Wahrhaftig, sie bluteten, und auch ihre Knie mochten bluten, denn sie hatte die ganze Nacht im Gebete gelegen, ihre Stimme war heiser und ihre Rede mit Gott, nachdem sie ihr Herz und ihre Worte erschöpft hatte, gewaltsam und brutal, wie eine letzte Anstrengung:

„Maria, Muttergottes, erbarm dich mein! Laß mich stürzen unter deinem Kreuz, es ist mir zu schwer! Mir schaudert vor der Zelle!", und sie machte eine Gebärde, als risse oder wickelte sie sich eine Schlange vom Leibe los, und dann, in höchster Seelenqual selbst die Scham niedertretend: „Was mir taugt", schrie sie, „ist Sonne und Wolke, Sichel und Sense, Mann und Kind ..."

Mitten im Elende mußte ich lächeln über dieses der Intemerata gemachte menschliche Geständnis; aber mein Lächeln erstarb mir auf den Lippen ... Gertrude war jählings aufgesprungen und richtete die unheimlich großen Augen aus dem bleichen Angesichte starr gegen die Mauer auf eine Stelle, die ich weiß nicht welcher rote Fleck verunzierte.

„Maria, Muttergottes, erbarm dich mein!" schrie sie wieder. „Meine Gliedmaßen haben keinen Raum in der Zelle, und ich stoße mit dem Kopfe gegen die Diele. Laß mich unter deinem Kreuze sinken, es ist mir zu schwer. Erleichterst du mir's aber auf der Schulter, ohne mir das Herz erleichtern zu können, da siehe zu" – und sie starrte auf den bösen Fleck – „daß sie mich eines Morgens nicht mit zerschmettertem Schädel auflesen!" Ein unendliches Mitleid ergriff mich, aber nicht Mitleid allein, sondern auch eine beklemmende Angst.

Gertrude hatte sich ermüdet auf eine Truhe gesetzt, die irgendein Heiligtum verwahrte, und flocht ihre blonden Haare, welche im Ringkampfe mit der Gottheit sich aus den Flechten gelöst hatten. Dazu sang sie vor sich hin, halb traurig, halb neckisch, nicht mit ihrem kräftigen Alte, sondern mit einer fremden, hohen Kinderstimme:

„In das Kloster geh ich ein,
Muß ein armes Nönnchen sein ..."

jenen Kehrreim parodierend, mit welchem die Bauerkinder ihrer gespottet hatten.

Das war der Wahnsinn, der sie belauerte, um mit ihr in die Zelle zu schlüpfen. Der Optimus Maximus aber bediente sich meiner als seines Werkzeuges und hieß mich, Gertruden retten, koste es, was es wolle.

Auch ich wandte mich in freier Frömmigkeit an jene jungfräuliche Göttin, welche die Alten als Pallas Athene anriefen und wir Maria nennen. „Wer du seist", betete ich mit gehobenen Händen, „die Weisheit, wie die einen sagen, die Barmherzigkeit, wie die andern behaupten – gleichviel, die Weisheit überhört das Gelöbnis eines weltunerfahrenen Kindes, und die Barmherzigkeit fesselt keine Erwachsene an das törichte Versprechen einer Unmündigen. Lächelnd lösest du das nichtige Gelübde. Deine Sache führe ich, Göttin. Sei mir gnädig!"

Da ich der Äbtissin, welche Verrat befürchtete, mein Wort gegeben, mit Gertruden nicht weiter zu verkehren, beschloß ich, in antiker Art mit drei symbolischen Handlungen der Novize die Wahrheit nahezulegen, so nahe, daß dieselbe auch der harte Kopf einer Bäuerin begreifen mußte.

Ich trat hin vor das Kreuz, Gertruden übersehend. „Will ich einen Gegenstand wiedererkennen, so markiere ich ihn", sagte ich pedantisch, zog meinen scharfen Reisedolch, welchen mir unser berühmter Mitbürger, der Messerschmied Pantaleone

Ubbriaco geschmiedet hatte, und schnitt zwischen Haupt- und Querbalken einen nicht kleinen Span gleichsam aus der Achselhöhle des Kreuzes.

Zum zweiten tat ich fünf gemessene Schritte. Dann lachte ich aus vollem Hals und begann mit ausdrucksvollem Gebärdenspiele: „Komisches Gesicht, das des Lastträgers in der Halle zu Konstanz, da mein Gepäck anlangte! Er faßte das gewaltigste Stück darunter, eine ungeheure Truhe, ins Auge, schürzte die Ärmel bis über den Ellbogen, spie sich – der Rohe – in die Hände und hob, jede Muskel zu der größten Kraftanstrengung gespannt, die nichtige Bürde einer – leeren Kiste spielend auf die getäuschte Schulter. Hahaha!“

Zum dritten und letzten stellte ich mich närrisch feierlich zwischen das wahre Kreuz und das Gaukelkreuz in seiner schlecht verschlossenen Kammer und rätselte mit wiederholten Fingerzeigen nach beiden Seiten: „Die Wahrheit im Frei’n, die Lüge im Schrein!“ – husch, und ich klatschte in die Hände: „Die Lüge im Frei’n, die Wahrheit im Schrein!“

Ich schickte einen schrägen Blick auf die im Halbdunkel sitzende Novize, die Wirkung der drei Orakelsprüche aus den Mienen der Barbarin zu lesen. In diesen gewahrte ich die Spannung eines unruhigen Nachdenkens und das erste Wetterleuchten eines flammenden Zorns.

Dann suchte ich meine Stube wieder, behutsam schleichend, wie ich sie verlassen hatte, warf mich angezogen auf das Lager und genoß den süßen Schlummer eines guten Gewissens, bis mich das Getöse der dem Kloster zuziehenden Menge und die mir zu Häupten dröhnenden Festglocken aufweckten.

Als ich die Sakristei wieder betrat, kehrte eben Gertrude, zum Sterben blaß, als würde sie auf das Schafott geführt, von einem wohl zum Behufe der unredlichen Kreuzesverwechslung von alters her eingerichteten Bittgange nach einer benachbarten Kapelle zurück. Der Putz der Gottesbraut begann. Im Kreise der psalmodierenden Nonnen umgürtete sich die Novize mit dem groben, dreifach geknoteten Stricke und entschuhte dann langsam ihre kräftig, aber edel gebildeten Füße. Jetzt bot man ihr die Dornenkrone. Diese war, anders als das symbolische Gaukelkreuz, aus harten, wirklichen Dornen geflochten und starrte von scharfen Spitzen. Gertrude ergriff sie begierig und drückte sie sich mit grausamer Lust so derb auf das Haupt, daß daraus der warme Regen ihres jungen Blutes hervorspritzte und dann in schweren Tropfen an der einfältigen Stirne niederrann. Ein erhabener Zorn, ein göttliches Gericht flammte vernichtend aus den blauen Augen der Bäuerin, so daß die Nonnen sich vor ihr zu fürchten begannen. Sechse derselben, welche die Äbtissin in das fromme Schelmstück mochte eingeweiht haben, legten ihr jetzt das Gaukelkreuz auf die ehrliche Schulter mit so plumpen Grimassen, als vermöchten sie das Spielzeug kaum zu tragen, und mit so dumm heuchelnden Gesichtern, daß ich in der Tat die göttliche Wahrheit im Dornenkranze zu sehen glaubte, öffentlich geehrt und gefeiert von der menschlichen Unwahrheit, aber hinterrücks von ihr verspottet.

Jetzt entwickelte sich alles rasch wie ein Gewitter. Gertrude warf einen schnellen Blick nach der Stelle, wo mein Dolch an dem echten Kreuz eine tiefe Marke geschnitten, und fand sie an dem falschen unversehrt. Verächtlich ließ sie das leichte

Kreuz, ohne es mit den Armen zu umfangen, von der Schulter gleiten. Dann ergriff sie es wieder mit einem gellenden Hohngelächter und zerschlug es frohlockend an dem Steinboden in schwächliche Trümmer. Und schon stand sie mit einem Sprunge vor der Tür der Kammer, wo jetzt das wahre, das schwere Kreuz versteckt war, öffnete, fand und wog es, brach in wilden Jubel aus, als hätte sie einen Schatz gefunden, hob es sich ohne Hilfe auf die rechte Schulter, umschlang es triumphierend mit ihren tapferen Armen und wendete sich langsam schreitend mit ihrer Bürde dem Chore zu, auf dessen offener Bühne sie der Menge sichtbar werden sollte, die, atemlos lauschend, Kopf an Kopf, Adel, Pfaffheit, Bauersame, ein ganzes Volk, das geräumige Schiff der Kirche füllte. Wehklagend, scheltend, drohend, beschwörend warf sich ihr die Äbtissin mit ihren Nonnen in den Weg.

Sie aber, die leuchtenden Augen nach oben gerichtet: „Jetzt, Muttergottes, schlichte du den Handel ehrlich!" rief sie aus und dann mit kräftiger Stimme: „Platz da!" wie ein Handwerker, der einen Balken durch eine Volksmenge trägt.

Alles wich, und sie betrat den Chor, wo, ein Vikar des Bischofs an der Spitze, die ländliche Geistlichkeit sie erwartete. Aller Blicke trafen zusammen auf der belasteten Schulter und dem blutbeträufelten Antlitz. Aber das wahre Kreuz wurde Gertruden zu schwer, und keine Göttin erleichterte es ihr. Sie schritt mit keuchendem Busen, immer niedriger und langsamer, als hafteten und wurzelten ihre nackten Füße im Erdboden. Sie strauchelte ein wenig, raffte sich zusammen, strauchelte wieder, sank ins linke, dann auf das rechte Knie und wollte sich mit äußerster Anstrengung wieder erheben. Umsonst. Jetzt löste sich die linke Hand vom Kreuze und trug, vorgestreckt, auf den Boden gestemmt, einen Augenblick die ganze Körperlast. Dann knickte der Arm im Gelenk und brach zusammen. Das dorngekrönte Haupt neigte sich schwer vornüber und schlug schallend auf die Steinplatte. Über die Sinkende rollte mit Gepolter das Kreuz, welches ihre Rechte erst im betäubenden Sturze freigab.

Das war die blutige Wahrheit, nicht der gaukelnde Trug. *Ein* Seufzer stieg aus der Brust von Tausenden.

Von den entsetzten Nonnen wurde Gertrude unter dem Kreuze hervorgezogen und aufgerichtet. Sie hatte im Falle das Bewußtsein verloren, aber bald kehrte dem kräftigen Mädchen die Besinnung wieder. Sie strich sich mit der Hand über die Stirn. Ihr Blick fiel auf das Kreuz, welches sie erdrückt hatte. Über ihr Antlitz verbreitete sich ein Lächeln des Dankes für die ausgebliebene Hilfe der Göttin. Dann sprach sie mit einer himmlischen Heiterkeit die schalkhaften Worte: „Du willst mich nicht, reine Magd: so will mich ein anderer!"

Noch die Dornenkrone tragend, deren blutige Spitzen sie nicht zu fühlen schien, setzte sie jetzt den Fuß auf die erste der aus dem Chor in das Schiff niederführenden Stufen. Zugleich wanderten ihre Augen suchend im Volke und fanden, wen sie suchten. Es ward eine große Stille. „Hans von Splügen", begann Gertrude laut und vernehmlich, „nimmst du mich zu deinem Eheweibe?" „Ja freilich! Mit tausend Freuden! Steig nur herunter!" antwortete fröhlich aus der Tiefe des Schiffes eine überzeugende Männerstimme.

So tat sie und schritt gelassen, aber vor Freude leuchtend, von Stufe zu Stufe hinab, wieder die einfache Bäuerin, welche wohl das ergreifende Schauspiel, das sie in ihrer Verzweiflung der Menge gegeben, bald und gerne vergaß, jetzt da sie ihres bescheidenen menschlichen Wunsches gewährt war und in die Alltäglichkeit zurückkehren durfte. Verlache mich, Cosmus! ich war enttäuscht. Eine kurze Weile hatte die Bäuerin vor meinen erregten Sinnen gestanden als die Verkörperung eines höheren Wesens, als ein dämonisches Geschöpf, als die Wahrheit, wie sie jubelnd den Schein zerstört. Aber was ist Wahrheit? fragte Pilatus.

Dieses träumend und ebenfalls aus dem Chor in das Schiff niedersteigend, wurde ich von meinem Boten am Ärmel gezupft, welcher mir die durch plötzlichen begeisterten Zuruf vollzogene Papstwahl des Otto Colonna mit ein paar merkwürdigen Nebenumständen berichtete.

Als ich wieder aufblickte, war Gertrude verschwunden. Die erregte Menge aber tobte und lärmte mit geteilten Meinungen. Dort scholl es aus einem Männerhaufen: „Vettel! Gauklerin!“ Es galt der Äbtissin. Hier zeterten weibliche Stimmen: „Sünderin! Schamlose!“ Damit war Gertrude gemeint. Ob aber jene den frommen Betrug errieten, diese durch die weltliche Gesinnung Gertrudens das Wunder zerstört glaubten, gleichviel – in beiden Fällen war die Reliquie entkräftet und die Laufbahn des Mirakels geschlossen.

Vom Volke grob gescholten, begann das tapfere Brigittchen derb wiederzuschelten, und die verblüfften Gesichter der anwesenden Pfaffen zeigten eine vollständige Stufenleiter von einverstandener Schlauheit bis zu der redlichsten Dummheit hinunter.

Ich fühlte mich als Kleriker und machte dem Ärgernis ein Ende. Die Kanzel besteigend, verkündigte ich der versammelten Christenheit feierlich: „Habemus pontificem Dominum Othonem de Colonna!" und stimmte ein schallendes Tedeum an, in welches erst der Nonnenchor und dann das gesamte Volk dröhnend einfiel. Nach gesungener Hymne beeilten sich Adel und Bauerschaft, ihre Tiere zu besteigen oder zu Fuß sich auf den Weg nach Konstanz zu machen, wo der nach Beendigung des Triregnum urbi und orbi gespendete Segen dreifach kräftig wirken mußte.

Meine Wenigkeit schlüpfte in den Kreuzgang zurück, um den Plautus in aller Stille auf meiner Kammer zu holen. Wieder mich wegschleichend, den Kodex unterm Arm, geriet ich der Äbtissin in den Weg, welche, haushälterisch wie sie war, die Stücke des Gaukelkreuzes in einem großen Korbe sorgfältig in die Küche trug. Ich wünschte ihr Glück zu der Lösung des Knotens. Aber das Brigittchen glaubte sich geprellt und schrie mich wütend an: „Schert euch zum Teufel, ihr zwei italienischen Spitzbuben", worunter es den Umbrier Marcus Accius Plautus und den Tusker Poggio Bracciolini, euern Mitbürger, verstehen mochte. Ein hübscher blonder Knabe, auch ein Krauskopf, welchen mir der mit Gertruden entweichende Hans von Splügen noch vorsorglich bestellt hatte, führte mir dann das Maultier vor, welches mich nach Konstanz zurückbrachte.

Plaudite amici! Ich bin zu Ende. Als das Konzil von Konstanz, welches länger dauerte als dieses Geschichtchen, ebenfalls zu Ende war, kehrte ich mit meinem gnädigen Herrn, der Heiligkeit Martins V., über die Berge zurück und traf als unsere Wirte im Gasthause von Spiuga, noch nordwärts des gefährlichen Passes, Anselino und Gertrude in blühender

Gesundheit, diese nicht in einer dumpfen Zelle, sondern in winddurchrauschtem Felstal, ein Kind an der Brust und das eheliche Kreuz auf der Schulter tragend.

Sei dir, erlauchter Cosmus, diese Facezia inedita eine nicht unwillkommene Beigabe zu dem Kodex des Plautus, welchen ich dir schenke zu dieser Stunde oder richtiger dem Vaterlande, dessen „Vater“ du bist, und der Wissenschaft, der deine Säle mit den darin gehäuften Schätzen offenstehen.

Ich wollte dir das einzige Manuskript testamentarisch vermachen, um mir nicht, ein Lebender, das zehnfache Gegengeschenk zuzuziehen, womit du jede huldigend dir überreichte Gabe zu lohnen pflegst in deiner freigebigen Weise, von welcher du einmal nicht lassen kannst. Doch – seufzte Poggio melancholisch – wer weiß, ob meine Söhne meinen letzten Willen ehren würden?“

Cosmus erwiderte liebenswürdig: „Ich danke dir für beides, deinen Plautus und deine Fazetie. Skrupellos hast du sie gelebt und ausgeführt, jung wie du damals warest. Als ein Gereifter hast du sie uns erzählt mit der Weisheit deiner Jahre. Dieses“ – er hob eine edle, von einem lachenden Satyr umklammerte Schale – „bringe ich meinem redlichen Poggio und seiner blonden Barbarin!“

Man trank und lachte. Dann sprang das Gespräch von Plautus über auf die tausend gehobenen Horte und aufgerollten Pergamente des Altertums und auf die Größe des Jahrhunderts.

NACHBEMERKUNG

Das Hauptmotiv der Novelle *Die Hochzeit des Mönchs* stammt aus den *Storie Fiorentine* (gedruckt 1532) von Machiavelli (1469–1527). Dante Alighieri (1265–1321) behandelt den Stoff im 28. Gesange des *Inferno* (Erstdruck der Göttlichen Komödie 1472). Dies gab C. F. Meyer die Anregung, seine Novelle dem Dichter Dante in den Mund zu legen. Er wollte damit aber weniger den historischen Dante als den Typus des Dichters an sich treffen. Für die Gestalt des Ezzelin diente Meyer der Vorkämpfer für Italiens Einigung, Baron Ricasoli (1809–80), zum Vorbild. Geschichtswerke von Jakob Burckhardt (1818–97) und Fr. v. Raumer (1781–1873) unterstützten die Arbeit. Alles Weitere – und es ist das Wesentliche in der Novelle – beruht auf freier Erfindung.

Die Hochzeit des Mönchs kam 1883/84 in der *Deutschen Rundschau* zum Vorabdruck. Die Fassung für die Buchausgabe beendete der Dichter im Sommer 1884.

Der Held der Novelle *Plautus im Nonnenkloster* ist eine geschichtliche Persönlichkeit, Poggio Bracciolini (1380–1459), der als Sekretär des Papstes Johann XXIII. am Konzil zu Konstanz (1414–18) teilnahm. Er war bekannt als Sammler von alten Handschriften und hatte auch selbst als Verfasser von Schwänken *(Facetiae)* schriftstellerischen Ruhm erworben. Diese Tatsachen benutzt Meyer als historischen Hintergrund; im übrigen ist aber auch diese Novelle freie Erfindung des Dichters.

Plautus im Nonnenkloster erschien zuerst 1881 in der Zeitschrift *Deutsche Rundschau* und im folgenden Jahre nach sorgfältiger Überarbeitung auch in Buchform.

Die Novellen wurden beide nicht sehr günstig aufgenommen. Besonders gegen die *Hochzeit des Mönchs* äußerten u. a. Paul Heyse, Louise v. François und Gottfried Keller Bedenken. Während Meyer selbst den *Plautus* für eine zwar weniger bedeutende, aber stichfeste Arbeit hielt, teilte er die Bedenken gegen *Die Hochzeit des Mönchs*. Er wandte sich in der Folgezeit von der Rahmennovelle ab und gab seinen späteren Werken einfachere Formen.

INHALT

Gottfried Keller

EINZELAUSGABEN IN RECLAMS UNIVERSAL-BIBLIOTHEK

Dietegen. Novelle. 6177

Die drei gerechten Kammacher. Novelle. 6173

Das Fähnlein der sieben Aufrechten. Novelle. 6184 – dazu *Erläuterungen und Dokumente.* 8121

Frau Regel Amrain und ihr Jüngster. Novelle. 6174

Hadlaub. Novelle. 6181

Kleider machen Leute. Novelle. 7470

Der Landvogt von Greifensee. Novelle. 6182 [2]

Die mißbrauchten Liebesbriefe. Novelle. 6176

Pankraz der Schmoller. Novelle. 6171

Romeo und Julia auf dem Dorfe. Novelle. 6172 – dazu *Erläuterungen und Dokumente.* 8114

Der Schmied seines Glückes. Novelle. 6175

Sieben Legenden (Eugenia. Die Jungfrau und der Teufel. Die Jungfrau als Ritter. Die Jungfrau und die Nonne. Der schlimm-heilige Vitalis. Dorotheas Blumenkörbchen. Das Tanzlegendchen). 6186 [2]

Das Sinngedicht. Novellen. (Mit: Von einer törichten Jungfrau. Regine. Die arme Baronin. Die Geisterseher. Don Correa. Die Berlocken.) 6193 [3]

Spiegel, das Kätzchen. Märchen. 7709

Ursula. Novelle. 6185

Das verlorne Lachen. Novelle. 6178 [2]

Philipp Reclam jun. Stuttgart